...s Sept Péchés Capitaux

LES SEPT PÉCHÉS CAPITAUX

LA COLÈRE

COURBEVOIE

IMPRIMERIE E. BERNARD ET Cie

14, RUE DE LA STATION, 14

BUREAUX A PARIS : 29, QUAI DES GRANDS-AUGUSTINS

LES SEPT PÉCHÉS CAPITAUX

LA COLÈRE

PAR

Xavier de RICARD

Dessins de L. VERLEYE

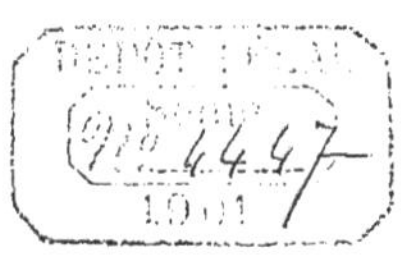

PARIS

E. BERNARD ET Cie, IMPRIMEURS-ÉDITEURS

29, QUAI DES GRANDS-AUGUSTINS 29,

1901

Envoi à mon ami X...

Mon cher ami,

Après ces longues années de torture, et cette terrible secousse qui, comme celle d'un tremblement de terre, a effondré derrière moi toute une partie de ma vie, j'éprouve le besoin de me ressaisir moi-même, de me retrouver, de coordonner, si possible, dans un nouvel homme tous les débris qui restent encore de l'homme ancien.

Cette solitude, où je me suis volontairement retiré, en ces pays aimés et que je n'ai jamais quittés qu'à regret, a fini par amasser en moi, sinon toute la sérénité, qu'il me faut désespérer de retouver jamais, au moins assez d'indulgence et de pardon pour que je n'aie plus peur du souvenir. Il me semble au contraire que j'y éprouverai une certaine joie douloureuse comme le blessé convalescent qui interroge d'un toucher inquiet la plaie cicatrisée, et y éveille encore, curieusement, la sensation amortie de la souffrance ancienne.

Devant mes fenêtres ouvertes, s'étendent, sous un ciel profond d'un azur inaltéré, un horizon ensoleillé où sommeillent, comme évanouis en une poussière de lumière, des mas gris aux ombres noires et courtes, et, parmi un pâle pavoisement d'oliviers, des bouquets de pins immobiles et sombres ; là-bas, en des buées d'un gris bleuté à travers lesquelles luisent de miroitants et courts éclairs, le ciel, par d'insensibles dégradés, se confond avec la mer.— Et je sens l'impassible magnificence de cette nature m'entrer au cœur et s'y établir presque, en un immense apaisement.

Oui ! je puis me souvenir, en toute sécurité ; je sais que j'aurai la force d'être sincère, non pas seulement pour moi mais pour ELLE : puis, je veux essayer si, vraiment, comme on le dit, « à raconter ses maux on les soulage », et si Gœthe avait raison quand il se vantait que, dès qu'il exprimait une douleur, il était « débarrassé ». Je ne veux pas me débarrasser de mes souvenirs : l'oubli est aussi peu désirable qu'il est impossible ; mais je ne veux conserver de tout ce cruel passé qu'un souvenir que je maîtrise et dont l'obsession cesse, enfin ! de décourager mes énergies de penser, de travailler et d'agir. Je veux vivre si intensivement ce qui me reste encore de vie que j'en puisse compenser tout ce que j'en ai perdu : je veux m'arracher à cette lassitude, — où je me suis senti glisser — de ces incessants efforts de quinze ans, pendant lesquels il m'a fallu distraire de leur but ma force et ma volonté et les énerver l'une et l'autre à combattre et à surveiller un ennemi, qui ne me laissait même pas la sécurité d'une trève, et dont la menace sournoise épiait mes défaillances pour me surprendre en mes courts repos de joie et de confiance !... Ah ! ce duel de quinze ans, avec l'inévitable compagnon « dont le cœur n'est pas sûr » : la femme !

Oui : voici précisément, l'effet que j'attends de cette confession, que je vous adresse, mon ami... Elle va consommer ma libération : une fois libéré de ce passé, je pourrai me reconquérir moi-même, et *définitivement*.

L'épreuve, en tout cas, vaut d'être tentée.

Je sais qu'elle vous laisse sceptique. Lorsque je vous parlai de ce projet de marcher résolument contre ce passé, de l'étreindre et de le dompter, vous avez eu des objections. Vous craigniez qu'au lieu de sortir de cette suprême et téméraire lutte, pacifié, elle ne me laissât plus troublé encore de mon ressentiment pour tant de vaines douleurs subies, pour tant d'espérances avortées en déceptions, pour toute une vie de beaux desseins inutilisée et avilie en de misérables angoisses.

— « Prenez garde, me dites-vous, de vous croire plus fort que vous n'êtes. Ne serait-ce pas encore, là, la pire des angoisses et la plus lamentable des déceptions ? Il est plus sage, quand on a derrière soi tant de ruines, de marcher en avant sans détourner la tête ; plus on s'en éloigne vite, mieux cela vaut. C'est une tentation périlleuse de vouloir revivre les mauvais instants de sa vie, quand, au contraire, le devoir s'impose de se refaire une vie nouvelle, si l'on ne se résigne lâchement à manquer toute son existence.

« Et puis, ajoutiez-vous, je redoute encore autre chose pour vous. Vous vous proposez une confession : vous allez peut-être écrire un réquisitoire.

« Vous flattez-vous d'avoir assez d'empire sur vous-même, pour vous souvenir sans haine, et pour ne pas accuser là où la dignité, d'accord avec la justice, vous enjoint, sinon d'excuser, au moins de comprendre ? Hélas ! n'allez-vous pas oublier le principe, que vous estimez, comme moi, le principe fondamental du droit nouveau, qu'après tout, les pires d'entre nous, nous le sommes malgré nous, et que nul n'est tout à fait coupable de sa propre destinée ni de la part qu'il a pu avoir dans la mauvaise destinée des autres... »

Je vous répondis ce que je vous réponds encore :

— Un réquisitoire, non, mon ami ! ceci ne sera pas un réquisitoire. Je n'accuserai pas, je raconterai. Sans doute, je ne promets point un récit sans émotion ; un tel récit ne vaudrait pas d'être fait. Mais je ne veux plaider, devant aucun juge, pour moi et contre elle. Tranquillisez-vous donc : je ne donnerai point de démenti au nouveau droit qu'il est temps d'établir contre l'ancien, qui nous imputait l'hérédité elle-même comme un crime personnel. Car si je me laissais aller à plaider, en cette même cause, je plaiderais pour l'irresponsabilité ! »

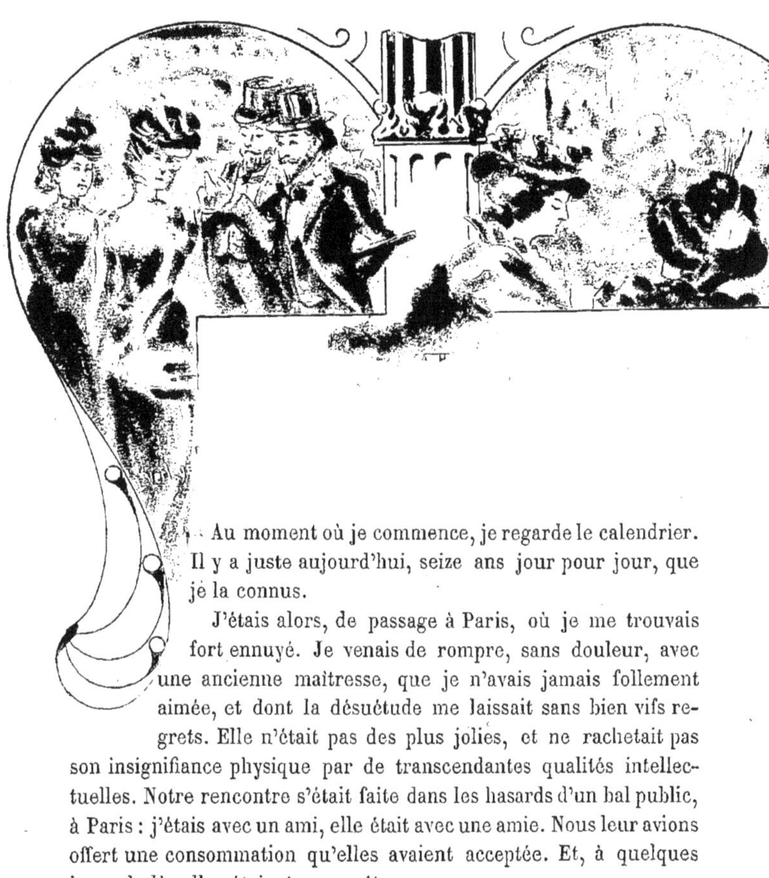

Au moment où je commence, je regarde le calendrier. Il y a juste aujourd'hui, seize ans jour pour jour, que je la connus.

J'étais alors, de passage à Paris, où je me trouvais fort ennuyé. Je venais de rompre, sans douleur, avec une ancienne maîtresse, que je n'avais jamais follement aimée, et dont la désuétude me laissait sans bien vifs regrets. Elle n'était pas des plus jolies, et ne rachetait pas son insignifiance physique par de transcendantes qualités intellectuelles. Notre rencontre s'était faite dans les hasards d'un bal public, à Paris : j'étais avec un ami, elle était avec une amie. Nous leur avions offert une consommation qu'elles avaient acceptée. Et, à quelques jours de là, elles étaient nos maîtresses.

Et elle était restée la mienne. Comment ! pourquoi ? je n'en sais rien. Par la lente insinuation de l'habitude, par mes goûts casaniers pour mon travail et mes livres, et, aussi, surtout peut-être, par un amour commun pour la campagne.

Je doute, pourtant, que nous l'aimassions de la même affection, elle et moi. Mais la grande affaire est qu'elle s'y plaisait comme moi.

Nous avions vécu ainsi, dans une placidité où la passion n'apportait

aucun trouble, pendant deux à trois années. Les conseils de quelques
voisines hâtèrent l'inévitable dénoûment. Elles lui persuadèrent de
m'amener au mariage, et, comme les premiers travaux d'approche
n'avaient guère réussi, ces bonnes commères l'engagèrent à tenter
l'assaut. Ce fut la rupture. Je dois dire, à ma décharge, qu'en somme
nous ne nous devions rien l'un à l'autre : et n'avions contracté mu-
tuellement à l'égard l'un de l'autre, aucun engagement. Je ne l'avais
point dérobée à sa famille, elle était majeure, et, autrefois polisseuse
en bijoux, avait mené sa vie assez librement. Elle avait même eu une
passion qui avait fait quelque bruit à Montmartre, où elle habitait,
pour un musicien qui dirigeait l'orchestre de je ne sais quel bal public
et avait composé deux ou trois valses assez populaires, à l'époque.

Nous venions donc de nous séparer :

Elle était repartie pour Paris, déçue et dépitée.

Nous nous écrivions, amicalement. Ce n'est vraiment pas une raison parce qu'on a vécu ensemble plusieurs années pour se détester,
après. Les lettres se ralentirent petit à petit, sans que j'en éprouvasse,
je l'avouerai, une très grande contrariété. Le ton aussi en avait changé,
et j'en concluai qu'elle était en train de se consoler. Puis, tout à
coup, elle ne m'écrivit plus. Je fus troublé de n'en pas éprouver une
plus grande peine ; mais je me raisonnai, et finis par me justifier de
mon indifférence, en me répétant qu'après tout ce n'était pas moi
qui m'étais tu le premier.

Je n'ai jamais su, depuis, ce qu'elle est devenue.

Cette rupture m'avait laissé, tout de même, un peu désorienté. Sur
ces entrefaites, une affaire se présenta, qui m'appelait à Paris, pas
très impérieusement, à vrai dire. J'aurais pu, tout aussi bien, la traiter
par correspondance : mais j'éprouvais le besoin de me déplacer, et,
en ayant le prétexte, je n'avais garde de le manquer.

C'est ainsi que je me trouvais à Paris, en mai 188... Il me serait
bien impossible d'oublier cette date : c'est, à partir d'elle que ma vie
a dévié — pour aboutir, où ? le sais-je, car la direction m'en a échappé
et je ne suis pas sûr de pouvoir la reprendre jamais.

J'allais quelquefois à Paris, tous les deux ans, d'ordinaire. Mais

j'avais hâte toujours d'en revenir. Je n'y passais que le temps stricte-
ment nécessaire pour « me retremper dans le courant », c'est-à-dire
revoir nos amis et mes camarades, littérateurs ou artistes, visiter les
ateliers, traverser les bureaux de rédaction et les cénacles littéraires
— il en existait encore, alors — m'arrêter quelques soirées au théâtre
devant la pièce en vogue de l'auteur en renom, etc. Et cette tâche
accomplie, je retournais, tout joyeux et dispos, en ma province.

Et pourtant, cette année, je m'attardais à Paris, sans m'y plaire
davantage. Je ne m'expliquai pas alors, pourquoi. Je me l'explique
aujourd'hui. J'y attendais, dans la nonchalance d'un vague pressentiment télépathique, — ce qui est m'arrivé. Je suis persuadé que les
grands évènements de notre vie s'annoncent à nous, de loin, par une
sorte d'avertissement, que je comparerai à l'impression que nous
ressentons du déplacement d'air que refoulerait devant elle, une
machine énorme qui viendrait sur nous.

Seulement, cette machine nous ne la voyons que lorsqu'elle va nous
atteindre, et nous sommes alors, trop hypnotisés d'étonnement et de
peur, pour pouvoir nous en garer.

Chaque matin je me promettais de repartir le lendemain, et le lendemain arrivé, j'ajournais encore...

Dans l'atelier d'un de mes amis j'avais fait connaissance d'un ménage chez lequel je ne tardai pas à fréquenter. Le mari, commis principal dans une grande librairie, me racontait sur les hommes de
lettres de sa maison, des anecdotes qui m'amusaient et me donnait
des renseignements intéressants sur les livres tant anciens que mo-
dernes, car, insignifiant d'ailleurs, il était « bibliophile » au moins
de métier, sinon par goût. Mais ce qui m'attirait surtout chez lui c'était
sa femme, une petite blonde grassouillette, jolie peut-être, sûrement
savoureuse et tentante, très rieuse et qui s'entendait admirablement
à provoquer la plaisanterie. Je n'avais pas de relations assez intimes
avec le mari pour avoir de scrupules à courtiser la femme. Mais ce fut
peine perdue. Cette joyeuse, si libre d'allure et de propos, m'arrêta
net et très sérieusement dès la première tentative.

— Ne continuez pas, me dit-elle, Monsieur. Vous perdriez votre

temps, et je ne pourrais plus vous recevoir. Je vous
assure que je le regretterais, car, à part ça — fit
elle en soulignant le mot d'un sourire — vous
m'êtes très sympathique, et j'ai plaisir à vous
voir et à causer avec vous.

Tel fut le début d'un très sérieux entretien où
je fus amené à faire à cette femme charmante,
dont la vertu sincère se défendait sans griffes,
toute ma confidence en une entière sincérité.

Quand j'eus fini, elle resta pensive quelque temps.

— Mon cher Monsieur, conclut-elle enfin, je comprends votre cas. Vous êtes en un désœuvrement de
cœur et de sens fort dangereux. Voulez-vous un conseil ?
retournez chez vous.

Je lui répondis que, ce conseil, je me le donnais à moi-même
chaque matin.

— Et pourquoi ne le suivez-vous pas ?

— Je ne sais pas... j'attends...

— Oui, vous attendez... fit-elle en souriant. Vous attendez la femme.
Prenez garde qu'elle ne vienne! « — puis, se redressant et me regardant
en face — » mais, pourquoi ne l'attendez-vous pas chez vous ? Est-ce
qu'il n'y a pas de femmes aimables dans le midi !

Je protestai énergiquement ; il y en a trop, au contraire !

— Je comprends, c'est l'embarras du choix qui vous gêne.

— Pas précisément cela, répondis-je : mais, je vous l'avouerai, je
suis mal préparé au mariage.

— Les méridionales sont-elles si vertueuses que vous ne puissiez
faire une maîtresse parmi elles ?

— Ce n'est pas encore précisément cela, répliquai-je. Il faut bien
le reconnaître à l'honneur de Paris, l'opinion y est plus libérale qu'en
province. Il faut un réel courage que peu de femmes ont encore —
quoique l'exemple commence à se multiplier — pour affronter les
désagréments de ce qu'on appelle une situation irrégulière.

— Je comprends. Mettons donc les points sur les i, dit-elle, voulez-

vous ? Si je vous avais cédé, qu'auriez vous donc fait ? Auriez-
vous espéré que je quitterais mon mari pour vous suivre là-bas ou
m'auriez vous fait l'honneur de quitter votre pays pour venir vivre
ici, les douceurs d'un ménage à trois ?

— J'avoue que je ne me suis jamais formulé positivement la question. Je crois que je serais venu souvent à Paris.

— Et vous m'auriez, chaque fois, trouvée disposée, croyez-vous ?
Mais savez-vous que, pour cette vie en partie double, à Paris et en
province, à la fois, il faut être riche ? L'êtes-vous donc ?

Je n'éprouvai aucune honte à lui avouer que je ne l'étais pas du
tout.

Je possédais près de ma ville un mas avec quelques oliviers d'un
maigre rapport, et des vignes plutôt coûteuses depuis que sévissait
le phylloxéra. Le meilleur et le plus clair de mon revenu, c'était mon
travail : je faisais des gravures et des eaux-fortes pour des publications de ma région et des publications parisiennes ; j'étais aussi attaché

comme dessinateur à une
imprimerie lithographique
de la ville. Mais, à part cette
situation assez médiocrement
rétribuée, je n'avais aucun
fixe.

— En ces conditions, me
répondit-elle, je ne vous engage pas à emmener une
parisienne là-bas. Rendez
justice à votre précédente
maîtresse, dit-elle. Elle n'a
pas eu l'esprit de se faire
aimer, mais vous n'en trouverez peut-être pas une autre
qui consente à vivre de votre
vie provinciale et campa-
gnarde.

2

— Ce sera à prendre ou à laisser, fis-je.

— Ne parlez donc pas avec cette autorité — répliqua-t-elle en riant : puis, redevenue sérieuse, j'appréhende pour vous, cher Monsieur, un changement profond, et je le regretterais pour l'artiste. Je connais quelques-unes de vos œuvres : ce qui en fait le charme surtout, c'est leur sentiment pittoresque, si local et si particulier. Je craindrais beaucoup pour votre talent si vous quittiez votre pays et votre milieu.

Et elle acheva, en me répétant :

— Partez ! partez ! partez ! et si ce ne peut être aujourd'hui, que ce soit demain !

En ce moment, la bonne frappa à la porte, et, étant entrée, demanda à sa maîtresse si elle pouvait recevoir M^llo Adèle.

Mon interlocutrice me regarda et sembla hésiter à répondre :

Elle se décida enfin et ordonna : « Faites entrer ». Mais elle me regardait toujours.

Aussitôt, sur un signe de la bonne, une grande fille, blonde, simplement mais coquettement vêtue, entra, en riant :

— « Bonjour, Madame, fit-elle, c'est moi, »

Et, comme je me tenais levé et la saluais, elle fit une inclinaison de tête de mon côté, et se dirigea vers la maîtresse de la maison qui lui tendait la main, non sans détourner le regard vers moi.

En cette position, je pouvais tout à mon aise observer de profil la nouvelle venue. Sur de beaux cheveux blonds, dont quelques tresses plus foncées avaient des reflets de bronze, et qui s'ébouriffaient en nuage sur le front, un joli petit chapeau, tout léger, de mousseline, égayé de quelques fleurs, était posé, comme un papillon. La figure était jeune, gaie, avenante, toute rosée, peut-être à cause de l'escalier monté un peu vite, et attirante surtout par de grands yeux très largement ouverts, sous des sourcils, qui, inégalement arqués, leur donnaient un aspect un peu dur. Chaque trait, en particulier, n'était point d'une beauté saisissante : le nez se relevait à son extrémité avec un certain air inquiétant de rebellion ; la bouche était grande, fraîche, avec des fossettes rieuses bien que la lèvre supérieure fût

un peu mince et comme tendue, tandis que l'autre était plutôt re-
bondie et sensuelle; les joues étaient jolies, veloutées; l'oreille ni bien
ni mal, mais hardiment dégagée des cheveux. L'ensemble, avec cela,
était aimable et attrayant, quoiqu'il vous surprit par l'appréhension
d'une vague contradiction qu'on y remarquait tout d'abord et qui
s'accentuait encore à l'examen. On eut dit qu'il y avait, en cette jeune
fille, un être qui n'était pas encore décidé, qui hésitait, ou, au contraire qu'elle était en quelque sorte dédoublée en deux individualités
qui devaient se heurter quelquefois. Mais cette sorte d'anomalie
ajoutait presque une séduction à cette physionomie qui, sans cela,
eut été peut-être un peu banale.

Mais ce que je jugeai tout de suite, d'admirable en elle, c'est le
corps. Je n'ai point la superstition de la femme grande ; j'ai connu
de petites femmes fort admirables et qui donnaient l'absolue sensation de la beauté. Les dimensions ne font rien, ce sont les propor-
tions qui font tout. Mais, elle était grande, la poitrine suffisante, le
torse solidement posé sur de larges hanches et, la robe, modeste,
mais adorablement chiffonnée à la mode des vraies parisiennes, rece-
lait, on le devinait, un corps bien planté et, des pieds à la taille, d'une
hardie et robuste poussée.

Il paraît que le plaisir, que je prenais à mon examen, était visible;
car, à un moment, je constatai sur la lèvre de la maîtresse de la maison un glissement de sourire qui m'était adressé, comme le témoi-
gnait assez la direction du regard.

— Je viens de la part de Madame, disait la jeune fille, dire à Madame que sa robe sera prête demain et qu'elle peut venir l'essayer
dans la matinée.

— C'est bien, Mademoiselle Adèle, dites à votre patronne que je
n'y manquerai pas. Est-ce vous qui avez travaillé à cette robe, Mademoiselle?

— C'est moi qui en ai posé les garnitures, oui, Madame !

— Alors, je suis tranquille. Je connais votre goût. Ce sera parfait.

— Adèle rit du compliment, et comme elle se détournait pour s'en aller, je la vis de face. Elle posa très franchement ses grands yeux sur les miens, riant toujours, puis saluant, s'achemina vers la porte où la servante l'attendait encore; je surpris entre elles deux des airs de confidence.

Je la regardais encore lorsque la porte se referma derrière elle.

— Eh ! eh ! me dit ma voisine, Monsieur Martial, Mademoiselle Adèle ne vous semble pas indifférente.

Je souris. « C'est ce qu'on appelle chez nous, répondis-je, une belle plante de fille.

Elle me regarda, et, très sérieuse, presque grave :

— Méfiez-vous, Monsieur Martial ! prophétisa-t-elle — c'est peut-être l'ennemie que vous attendez !

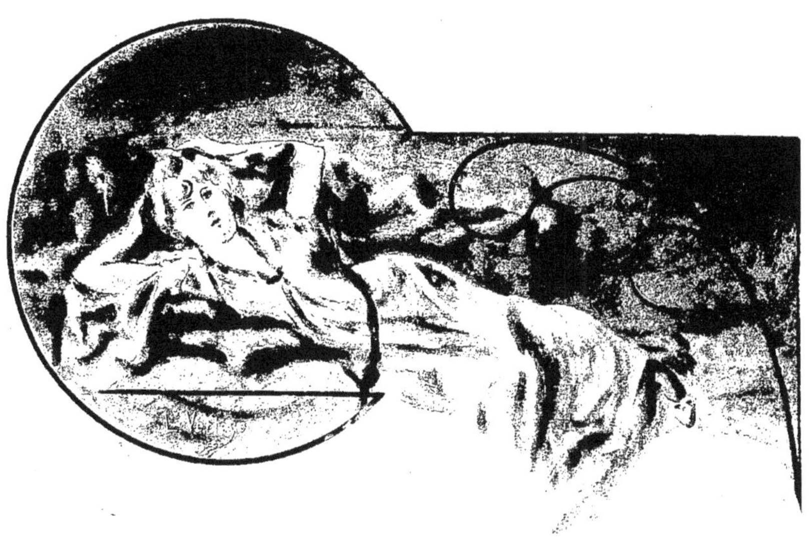

Oui, cette femme charmante avait raison : c'était bien l'ennemie que j'attendais, en effet.

Je souris pourtant de la prophétie, et, pendant le reste de l'entretien, je ne parlai pas de M^llo Adèle. Pourtant, je songeais à elle, tout le temps. Je ne pouvais me dissimuler qu'elle m'avait causé une agréable impression — celle d'une fille aimable, gaie, un peu étourdie et, vraisemblablement, peu farouche. Elle devait être de ces ouvrières parisiennes qui acceptent volontiers la joie du jour, sans songer au lendemain. Je n'en ferais certainement pas un embarras dans ma vie, comme j'avais fait de l'autre. J'avais encore les cicatrices de l'ancienne chaîne au cou ; je n'allais pas les raviver par une chaîne nouvelle. Et tout ainsi, je faisais mon rêve. Je passerais quelques jours de fleuretage délicieux avec M^llo Adèle pour finir mon séjour à Paris un peu moins maussadement. Pendant ce temps, je l'aurais bien observée, et, si je la trouvais telle que je la pressentais et que je la désirais, je lui offrirais de venir passer quelques jours chez moi — après quoi, elle repartirait pour Paris, où je viendrais la retrouver de temps à autre. Je n'aurais certainement pas la sottise d'exiger aucune fidélité... Le libre amour ! parfait. Ce serait charmant. Ou plutôt le libre désir, car de l'amour, il n'en fallait pas parler.

Il est probable pourtant que ma songerie se sentait à travers ma conversation, car, tout à coup, s'interrompant,

« Vous semblez distrait ! » m'observa mon interlocutrice,

Et à son sourire, je devinai bien à quelle cause elle attribuait ma distraction.

J'eus honte que cette femme exquise, à laquelle je venais de faire tout à l'heure une déclaration très expressive, pût croire que son refus m'avait déjà rejeté à une autre. Et je me défendis énergiquement sans parler de Mlle Adèle, sans un mot même d'allusion qui pût faire supposer à ma voisine que j'avais surpris sa pensée. Tout en lui répondant, je la regardais, et les comparant toutes deux, elle et Mlle Adèle, j'oubliais presque Mlle Adèle. Ce n'était pas, elle, la femme dangereuse avec qui l'amour serait à craindre :

C'était cette femme là, qui, je le sens, m'aurait pris et possédé tout entier âme et corps, qui eût été vraiment redoutable pour moi. Mais il me semblait, même à ce moment-là, que j'aurais été heureux, même des angoisses souffertes pour elle ou à cause d'elle. Ce fut donc avec une très sincère émotion que je lui répondis :

— « Si je suis distrait, Madame, n'en accusez que vous !... Ah ! si vous aviez voulu !

Elle se leva, il me sembla qu'elle avait un peu pâli et qu'il y avait du vague dans ses yeux.

— « Ne parlons plus de cela, voulez-vous ? me dit-elle. Et la voix était à la fois sombrée et presque brève. Mais elle eut peur que je m'en fusse aperçu, car elle reprit de suite sa physionomie souriante : et, me tendant la main, dans toute la loyauté confiante de sa paume bien ouverte.

— Oui, ne parlons plus de cela, reprit-elle, et restons amis... Allons, au revoir. »

Je m'emparai de sa main que je baisai, je dus y laisser tomber une larme, car lorsque je me fus relevé pour la saluer,

« Vous êtes un enfant, fit-elle doucement. — Revenez me dire que vous partez ! »

J'étais encore comme tout étourdi quand je fus dehors ! Je me raisonnai ; c'était impossible... et, pourtant, peut-être en la hâte qu'elle avait de mon départ, y avait-il quelque crainte secrète pour elle-même. Puis je rejetai cette pensée, comme une absurde fatuité. Et, quand même ce ne serait pas impossible, continuai-je, ce ne serait pas souhaitable, ni pour l'une ni pour l'autre. Non, point du tout souhaitable. Il fallait secouer ce rêve, l'oublier... Et, alors, réapparaissait l'image de Mlle Adèle. Voilà celle qui serait l'oubli et la joie. Et, de suite, je me demandai comment je pourrais la retrouver, la revoir.

J'avais bien compris que Mlle Adèle était ouvrière chez une couturière, mais elle n'avait pas dit le nom de sa patronne, et je ne pouvais pourtant pas aller le demander à Mme ***. Tout à coup, je me souvins que j'avais surpris entre la servante de celle-ci et Mlle Adèle, des signes et des sourires confidentiels. Elles se connaissaient, intimement sans doute.

M'adresser à la servante ?... Et si elle le disait à sa maîtresse ! Puis, je me rassurai, je l'avais déjà observée cette soubrette ; elle semblait fort aimer sa maîtresse qui tenait beaucoup à elle et se louait beaucoup de son service.

— « Germaine, m'avait-elle dit une fois, n'est point parfaite ; mais je ne le suis pas non plus. J'ai une grande pitié pour ceux qui sont contraints de servir les autres, et je trouve que Beaumarchais a bien raison. Vous souvenez-vous ? » Aux qualités qu'on exige des bons domestiques, dit son *Figaro*, connaissez-vous beaucoup de maîtres qui pourraient être de bons domestiques... ? Les qualités de Germaine me font passer sur ses défauts et je me trouve très bien de ma philo-

sophie. J'ai une domestique qui m'est dévouée et qui me sert avec affection... Ça se sent, cela ! C'est la seule manière d'être bien servie »

Et j'avais cru comprendre quel était le principal défaut de Mlle Germaine : elle n'était pas d'une vertu intraitable. Son air, d'ailleurs, ses yeux inspecteurs et provocants, ses lèvres épaisses, joyeuses et hardies où était toujours niché un sourire furtif, le disaient assez.

Pourquoi donc ne m'adresserai-je pas à Mlle Germaine? Mes intentions à l'égard de Mlle Adèle ne la scandaliseraient pas, et qui sait si elle ne consentirait pas à s'y employer... Mais il fallait être certain qu'elle n'en dirait rien à sa maîtresse.

Comment acquérir cette certitude? et, d'abord, comment voir Mlle Germaine, seule. Le plus pratique était de tacher de lui glisser un mot, un jour que j'irais chez sa maîtresse.

J'y allai le lendemain.

Décidément, c'était écrit. On n'a tant de chance que lorsqu'on va au devant de son malheur. Madame était sortie et Germaine était seule.

— « Etes-vous discrète, Germaine? lui demandai-je ».

Elle était vraiment jolie, elle aussi, cette fille; elle était même mieux que Mlle Adèle, étant brune; j'eus un moment d'hésitation. Mais non, vraiment, prendre la bonne de la maîtresse qui m'avait repoussé, je ne me sentais pas capable de cette goujaterie. Et, comme elle m'interrogeait malicieusement de toute sa face épanouie de curiosité, sans me répondre, je répétai ma question.

— « Oui, Mademoiselle Germaine, êtes-vous discrète?

— » Quand on me le demande, oui.

— » Enfin, vous êtes capable de ne pas répéter à votre maîtresse une chose par laquelle on vous prierait de garder le secret? »

— Oh! oh! fit-elle, Monsieur, voilà qui est grave! j'aime beaucoup Madame qui est la meilleure maîtresse que j'aie servie. Si votre confidence la regarde,

3

ne me la faites pas. Je ne pourrais vous promettre le secret. Autrement, vous pouvez y aller, et en confiance.

— Eh bien ! lui dis-je, après avoir un peu hésité... Vous connaissez Mlle Adèle.

Elle éclata de rire : Je m'en doutais, fit-elle. Adèle me l'a bien dit, hier, en sortant :

— Que vous a-t-elle dit ! lui demandai-je.

— Elle m'a dit : quel est donc ce monsieur qui m'a tant dévisagée ?

— Et que lui avez-vous répondu ?

— La vérité. Je lui ai donné votre nom... Ai-je eu tort !

— Bien au contraire.

— Et j'ai même ajouté, — continua-t-elle — que je croyais bien que vous aviez poussé une reconnaissance auprès de Madame. Mais je lui annonçai que, pour sûr, vous perdiez vos peines et votre temps...

— Ah !... votre maîtresse vous a raconté cela ?

Elle haussa les épaules : non, ma foi ! Mais croyez-vous que ça ne se voie pas ?

— Et, repris-je, c'est tout ce que vous a dit Mlle Adèle ?

— Non, mais le reste, je ne vous le répéterai pas. Vous êtes trop porté à vous en croire, les hommes !

— Votre réflexion pourrait peut-être me faire supposer plus qu'il n'y en a. Vous feriez donc mieux de me répéter exactement, ce qu'elle a dit...

— Ce qu'elle a dit... ce qu'elle a dit !... Pourquoi donc, m'a-t-elle demandé, ta maîtresse n'en veut-t-elle pas? — Parce que Madame n'a besoin de personne, son mari lui suffit. — C'est drôle qu'elle me répondit, en riant, comme elle fait toujours, cette grande folle.— Non, que je lui répliquai, ce n'est pas drôle. Je ne sais pas si Madame aime beaucoup Monsieur, mais je ne la crois pas femme, au moins jus-

qu'à présent à avoir deux hommes à la fois ?... Elle a trop horreur
du mensonge.

— Ça, c'est différent, répondit-elle : autrement, il n'est pas mal,
ce Monsieur Martial. Mais, s'il est si amoureux de ta maîtresse, pourquoi donc qu'il me regardait tant ? — Peut-être qu'il se disait qu'il
se consolerait volontiers avec toi : t'en chargerais-tu, de le consoler ?
— C'est ça, fit-elle, envoie-le moi... Et nous rimes toutes deux, car
il ne faut pas voir en ces propos, autre chose que des badinages, et
je regretterais de vous les avoir répétés si vous les preniez au sérieux.

— Décidément, vous me croyez bien fat, Germaine, lui dis-je, et
pourtant, en moi-même, je me sentais assez encouragé : — Mais, enfin,
Mlle Adèle, est-elle comme votre maîtresse ? inabordable ?

— Ah ! cela, dame, à la vérité, je ne crois pas. Puis elle n'a pas
les mêmes raisons de l'être : elle n'est pas mariée, et je la crois tout à
fait libre.

— Mais vous n'en êtes pas sûre ?

— Si, j'en suis sûre.

— Pourtant, elle est fort agréable et très aimable, et il m'étonne-
rait qu'elle ne fut pas recherchée.

— Je ne vous ai pas dit qu'elle ait toujours été libre, je ne vous
promets pas qu'elle le sera demain. Pour recherchée, elle l'est, je
vous prie de le croire. Elle n'a que l'embarras du choix. Mais elle
hésite et, n'ayant aucune préférence, a raison. Pourtant, elle est fort
capable de se décider d'un coup, à la diable, sans savoir pourquoi.
Ne vous y méprenez pas, Monsieur : elle est rieuse, étourdie, ne se
garde pas assez, c'est vrai. Mais c'est une fort honnête fille, elle fera
peut-être des bêtises. Je ne dis pas qu'elle n'en ait pas fait déjà...
Après tout, elle ne doit compte d'elle qu'à elle-même. Mais ce sera
par faiblesse, selon l'occasion, par manque de caractère, par entraine-
ment... Par calcul, jamais, malheureusement pour elle...

Les paroles de Germaine me confirmaient dans l'impression que j'avais eue de Mlle Adèle, et me mettaient en goût de l'interroger encore, à quoi Germaine ne paraissait pas trop opposée. Mais j'avais peur que sa maîtresse ne rentrât : je n'aurais pas voulu qu'elle me surprît à causer avec sa servante. Germaine me rassura. Madame ne rentrerait sûrement que pour le dîner. Nous pûmes donc causer longuement de Mlle Adèle, et voici ce que j'ai appris :

— Mlle Adèle Verbecke avait vingt ans : elle était originaire de la Flandre, d'un petit village aux environs de Lille. Son père, de vieille souche flamande était mort, lorsqu'elle avait treize à quatorze ans. Elle était restée seule avec sa mère, à laquelle son mari avait laissé sa maison au village, quelques terres et un peu d'argent. La vie ne fut pas longtemps tenable entre la mère et la fille, dès que le père ne se trouva plus là entre elles, comme tampon. La Madame Verbecke était une picarde, de la « rageuse » Picardie, très emportée et très violente ; dont les colères étaient accrues jusqu'à la fureur par des habitudes d'intempérance, qui avaient encore empiré après la mort du père. Or, Adèle avait, à ce moment, une amie bien plus âgée qu'elle, qui, après s'être fort amusée avec l'un et avec l'autre, s'était, un beau jour, laissée empaumer sérieusement par un gaillard qui l'avait plantée là, un enfant sur les bras. On pardonne tout au village, excepté cela. Elle dut filer à Paris. Adèle lui demanda de l'emmener, l'autre y consentit, toute heureuse de ne pas partir seule. Mais que dirait la mère ?... Or, voici, qu'après une scène terrible, qu'Adèle avait peut-être provoquée, Mme Verbecke la chassa elle-même de sa maison, avec quelque argent à peine pour son voyage.

« Pars lui avait-elle dit, et que je ne sache pas seulement où tu es, car je ne veux pas entendre parler de toi ».

Adèle avait quinze ans : — son amie vingt-trois ou vingt-quatre.

On disait que la mère Verbecke n'était pas fâchée d'éloigner sa fille, pour se remarier avec un fainéant, méprisé de tous, avec lequel, disait-on, elle avait déjà des accointances, du vivant de son mari. Et c'était ainsi qu'à quinze ans, toute neuve et naïve encore, ne sachant rien de rien de la vie, Adèle était arrivée à Paris ; avec sa petite avance et celle de son amie, elles purent attendre quelque temps, elles trouvèrent enfin à se placer chez une couturière ; Adèle n'ayant que la nourriture, et employée d'abord aux soins du magasin et aux commissions. Son amie, elle, était bien décidée à ne pas « moisir » à l'atelier : femme très pratique, elle entendait bien ne pas gâcher sa vie ; elle n'était pas mal, avait beaucoup d'assurance et était fort égoïste.

Avec cela, et une entente très raffinée de la vie de plaisir, elle ne pouvait manquer de réussir. Et en fait, elle devint bientôt et est encore une des femmes galantes les plus en vogue de Paris.

Cependant, ayant commencé par n'être presque que servante, Adèle était devenue apprentie : elle montrait tant d'aptitude au métier, et était si artiste que sa patronne la prenait en affection ; elle en faisait son ouvrière préférée, lui confiant les travaux les plus délicats et les plus difficiles, ceux qui exigeaient à la fois le plus de goût et d'idée, — le plus d'habilité dans l'exécution, et, comme Adèle était fort aimée des clientes, c'était elle qu'elle leur envoyait.

Mlle Adèle eut donc gagné de quoi se suffire, s'il n'eut fallu être toujours fort bien mise pour recevoir les clientes ou pour aller chez elles. C'était précisément le malheur d'Adèle qu'elle outrait plutôt, sur ce point, les exigences de sa patronne. Elle était très coquette, très chiffonnière, était, certes, fort habile à tirer parti de tout, mais n'avait pas plutôt mis une toilette qu'elle en était déjà lasse. Ce qui étonnait Germaine qui, disait-elle, me parlait en toute franchise, car elle avait beaucoup d'estime pour moi et ne voulait pas que je pusse lui reprocher plus tard — savait-on ce qui pouvait arriver ! — de m'avoir trompé, — ce qui l'étonnait c'est qu'avec ces goûts de changement, Adèle n'eut pas tourné mal. Et pourtant, elle avait de bien mauvais exemples sous les yeux; tout d'abord, celui de son amie.

Car elle avait continué à vivre chez elle ; d'abord, sous la même clé puis, dans les derniers temps et encore maintenant, dans la même maison, mais au cinquième, en un petit appartement de deux ou trois pièces, modestement meublé mais arrangé fort coquettement.

Elle partait tous les matins à sa maison de couture, et n'en revenait que le soir après dîner, quelquefois même fort tard, dans les moments où l'ouvrage pressait. Mais presque chaque jour elle voyait son amie. Certes, en ce monde de vie galante, les tentations et les offres n'avaient pas dû lui manquer. Son amie elle-même avait dû plus d'une fois s'entremettre pour lui faire des propositions. Mais Germaine m'assurait que Mlle Adèle n'y avait pas cédé ; et, comme je m'étonnais aussi de cette résistance de Mlle Adèle :

— Adèle, me répondit-elle, est une singulière fille, Monsieur, fort inexplicable, et, au fond, très honnête je le répète : elle est absolument incapable de calcul et par conséquent de se donner par intérêt; mais, je crois vous l'avoir dit, elle est très capable d'une boutade, car, si elle n'a pas trouvé chaussure à son pied parmi ceux qui fréquentaient chez son amie, cela ne veut pas dire, Monsieur, qu'elle soit restée, comme un carme, pied déchaux.

— Eh bien ! Germaine, fis-je brusquement en regardant bien en face la soubrette, voulez-vous me faire connaître Mlle Adèle ?

— Il y a un vilain mot pour désigner le métier que vous me proposez-là, fit-elle en riant, puis, redevenant sérieuse : « Je ne ferai pourtant pas la bégueule, ni l'hypocrite et ne vous demanderai pas dans quelle intention vous voulez voir Adèle. Mais ce que je vous demanderai c'est si vous avez bien réfléchi... Je ne voudrais pas encore une fois que plus tard vous me fissiez des reproches.

— Et vous ne craignez pas qu'elle vous en fasse un à vous...? C'est très flatteur pour moi.

— Je connais Monsieur depuis qu'il vient ici, je l'observe, et je le connais surtout par ce qu'en dit Madame, qui est une femme comme il y en a peu — soit dit sans vous donner de regrets, Monsieur.

— Ah ! Germaine ! répétez-moi ce que vous disait de moi votre maîtresse !

Mais Germaine prit un air très sérieux et très décidé pour me répondre : Non, Monsieur, croyez-moi, ne parlons plus de Madame. Surtout n'y pensez plus : d'ailleurs, il serait un peu tard maintenant — et elle reprit son air espiègle et ironique — puisque vous voilà engagé en une autre intrigue : et justement, si je consens à vous y aider, c'est pour retirer votre pensée de Madame... Un clou chasse l'autre.

Cependant, il y avait dans les paroles de Germaine, à l'égard de Mlle Adèle, quelques réticences qui m'inquiétaient : — « Vous avez dit tout à l'heure, Germaine, lui demandai-je, que Mlle Adèle était une singulière fille, un peu inexplicable..., qu'entendez-vous par là ?

— Si Monsieur se rappelle tout ce que je lui ai dit, il comprendra : et vous avez pu vous-même, à première vue, vous apercevoir qu'elle est étourdie. Elle l'est encore plus qu'elle ne paraît, et fort irréfléchie. Elle est... comment dirais-je ? capricieuse et fantasque. Il est bon que vous en soyez prévenu, n'est-ce pas ? — Etes-vous patient ?

— C'est selon : mais cela me coûte beaucoup quelque fois

Et je restai songeur un moment.

Germaine m'observait : et ce fut presque avec une lueur de gaîté dans les yeux qu'elle me dit, et très vivement :

— Vous hésitez ?... Vous avez peut-être raison.

— Je n'hésite pas, répondis-je, je mentais, car, en vérité, j'avais au moins été tenté d'hésiter. — Mais, elle, consentira-t-elle à me voir ?

La soubrette jeta un grand éclat de rire : « Ah ! de cela, par exemple, ne vous en inquiétez pas ! et puisque vous êtes décidé, faisons vite, notre plan, car, aussi bien, il faut que je pense à ma cuisine.

Mlle Adèle demeurait dans une rue tout à côté, à quelques maisons
à peine. Il serait donc facile à Germaine, qui pretexterait une course,
d'aller, d'un coup de pied, la trouver chez elle le soir même, à l'heure
où elle rentrait de son magasin. Elle lui donnerait rendez-vous pour
le lendemain soir dans un café où je me trouverais, et là, se ferait
la présentation. Puis Germaine retournerait chez ses maîtres ; — et le
reste ne regardait que nous.

Tout étant ainsi convenu, je quittai Germaine à qui je dis au
revoir...

Adèle avait assez facilement cédé. Loin de l'en mésestimer, je lui savais gré au contraire de m'avoir épargné les hypocrisies et les roueries dont les femmes, d'ordinaire, dissimulent ou compliquent ce qu'elles appellent leur » abandon » ou leur « chute », selon leurs mondes. Le jour même où Germaine, pour me servir de son expression, « nous avait abouchés » au café, j'avais proposé à Adèle l'emploi de la journée par un diner au restaurant d'abord, puis par une soirée au théâtre. Le programme avait été accepté sans opposition, de suite. Mais, au dessert, quand il s'agit de choisir le théâtre, l'embarras commença, et je fus assez désappointé de lui voir repousser tous ceux que je lui proposais.

— « Oh ! s'était-elle écriée avec une visible horreur, du drame ou de la comédie, ne m'en parlez pas... Je trouve ça bête, des gens qui parlent sur la scène... Chanter à la bonne heure... Mais ça ne vous parait pas *serin* des personnes qui content comme ça leurs affaires devant le public...

4

Et, sur cette déclaration, j'avais cru qu'elle allait choisir l'Opéra
ou l'Opéra-Comique. Elle opina — pour le café-concert ! Naturellement,
j'obéis et nous allâmes, je ne sais plus à quelle boîte où j'eus le regret
de la voir s'amuser en vraie folle à de très banales et grossières gau-
drioles, qui m'attristaient plutôt, et montrer de l'indifférence, plutôt
même de l'ennui aux trois ou quatre choses d'art qui avaient été
mêlées, presque furtivement, au programme.

Cela avait été, je l'avoue, ma première déception.

Après, je la reconduisis jusqu'à sa porte : au moment de nous quitter, nous voulûmes arrêter l'emploi du lendemain. Il fut assez vite
décidé qu'elle déserterait ce jour là son atelier : nous déjeunerions et
dînerions ensemble. Comme tout annonçait qu'il ferait beau,

« Voulez-vous, lui dis-je, que nous allions à la campagne ? »

Elle fit la moue; « où ça, à la campagne ? demanda-t-elle.

— Mais où vous voudrez ! répliquai-je.

— Ma foi ! ça vous est-il égal que je sois franche ? — Eh bien ! vrai,
la campagne ça ne m'amuse pas... des arbres, des routes où il n'y a
personne, de grands ciels la-dessus, et puis, à la campagne, on n'entend rien, on ne voit rien... Ça m'attristerait plutôt... Non. J'aime
mieux autre chose, vraiment... Ça ne vous fait rien ?

Je lui répondis qu'avant tout je cherchais à lui plaire, que, par conséquent, ses désirs pour le lendemain seraient les miens, et il fut convenu que, la nuit portant conseil, elle me dirait *cela* le lendemain,
quand je viendrais la chercher, chez elle, vers 10 heures du matin.

Le lendemain, j'étais à neuf heures et demie, devant la maison
d'Adèle.

Mais je voulais attendre ponctuellement l'heure fixée : et je me mis
à faire dans sa rue les quatre pas de long en large, m'arrêtant, par
contenance, tantôt devant l'étalage d'une boutique, où je feignais de
regarder les dessins des journaux illustrés et satiriques, tantôt à la
vitrine d'un bric-à-brac où, en un déballage d'occasions banales et
navrantes, se trouvaient, égarés, quelques objets amusants, de ma-
tière ou d'art précieux ou curieux. A un moment, je me retournai.

Mon manège, sûrement, avait été remarqué; car je surpris un geste d'intelligence entre le concierge, posté devant sa porte, et une femme à la chevelure rousse incandescente, accoudée au balcon du premier, en un peignoir rouge carotte, ceint autour de la taille par une cordelière bleue très lâche ; fort décolletée, avec de larges manches à la juive, qui lui dénudaient tout le bras. Sans bien voir le geste, j'avais senti qu'il me désignait.

Je devinai de suite que « cette dame » était l'amie d'Adèle, celle avec laquelle elle était venue de son pays. Celle-ci comprit bien que j'avais saisi ses gestes, mais ne s'en troubla pas, et, au contraire, elle fixa les yeux sur moi avec une ténacité, presque effrontée. Evidemment, la veille en rentrant, Adèle s'était arrêtée chez elle, et lui avait raconté notre journée, et qu'elle m'attendait le lendemain, à 10 heures. Et voilà pourquoi elle me guettait : visiblement, elle me jugeait et m'évaluait.

Je repassai, sous son regard, bravement, sans avoir l'air d'y prendre garde. Mais, le coup d'œil, en apparence distrait, que j'avais levé vers elle, comme tout passant eut pu le faire devant une femme qui s'étalait avec ce sans-gêne, me suffit... Elle me fut tout de suite antipathique ; d'abord, je m'en accuse : je n'aime pas les rousses ; elles me causent une sorte d'appréhension, qui est inexplicable et assurément absurde, mais dont je ne puis me défendre. Et, celle là, était tellement rousse qu'il était manifestement impossible qu'il existât un tel roux dans la nature. Elle était teinte, sûrement : c'est encore une chose que je ne puis supporter et qui me donne la plus fâcheuse opinion d'une femme, que cette manie de ne pas arborer fièrement la couleur que la nature lui a donnée ; il me semble que je ne pourrais avoir aucune confiance en une femme capable d'une telle tricherie. Mais ce qui me déplaisait le plus dans cette Flora de Sainte-Assise, qui n'était ni Flora ni de Sainte-Assise, mais simplement Françoise Quantin, c'était l'expression dure, hautaine de ses yeux et le pli dédaigneux de ses lèvres, si bien que je ne savais si elle était jolie ou non : car, l'expression était telle que, vraiment, on oubliait de regarder le visage à travers.

— « Mon ami, me dis-je, attention, voilà une ennemie ! ».

Au bout de la rue, qui aboutit à une place, je feignis d'attendre et de regarder quelque chose, mais j'avais toujours la sensation de ses yeux qui me suivaient : il fallut bien pourtant revenir sur mes pas :

Je me retournai. — Adèle était, auprès d'elle, sur le balcon ! Dès qu'elle me vit, elle me fit de grands signes d'appel, en riant. Je m'approchai naturellement, et saluai.

— Flora me répondit par un bref hochement de tête.

« A la bonne heure, me criait Adèle, vous êtes un homme exact... Montez... »

Elle allait sans doute ajouter quelque chose, mais son amie se retourna vivement vers elle, et elles eurent ensemble un court dialogue, très pressé. Adèle se montra un peu désappointée, et, d'un air contrarié.

— « Au cinquième, vous savez ?

Sans doute, elle avait proposé à son amie de me présenter à elle, en passant, et celle-ci avait refusé.

Quand j'entrai sous la porte cochère, j'y retrouvai le concierge qui

me regardait curieusement, en tablier bleu, son balai à la main, et sur la tête une casquette de loutre. Son air d'inquisition narquoise me déplut. Sans attendre même que je lui parle.

— Au *cintième*, fit-il, escalier à gauche dans la cour.

Je montai par un petit escalier assez étroit : en haut, sur son palier, Adèle m'attendait, essoufflée.— « Ouf ! fit-elle, j'ai grimpé l'escalier quatre à quatre pour arriver en même temps que vous... »

Sur chaque palier il y avait deux portes ; de ce côté, expliqua-t-elle, ce sont de petits logements ; de l'autre ce sont les portes de service des grands appartements. C'est pourquoi j'ai pu arriver avant vous en venant de chez Flora.

Et elle m'ouvrit son logement. Je ne passerai pas grand temps à le décrire : il se composait d'une toute petite antichambre, à gauche d'une cuisine minuscule et d'une salle à manger qu'une petite table, un buffet et quelques chaises emplissaient toute.

La seule pièce un peu grande, c'était la chambre à coucher ; les meubles en étaient fort ordinaires, en noyer verni, avec deux petits fauteuils capitonnés.

Mais le goût et la coquetterie de la femme se montraient dans les moindres détails, dans l'arrangement vraiment artiste des rideaux de la fenêtre et du lit : dans la disposition des bibelots, de peu de valeur pourtant, de pacotille presque tous, qui mettaient presque une impression de superflu en cet intérieur, en somme plutôt modeste.

Et, surtout, la propreté était irréprochable : on pouvait respirer largement sans avoir peur d'avaler même un grain de poussière.

Je félicitai Adèle qui haussa les épaules, en riant.

« Pour propre, oui, répondit-elle, c'est propre, mais c'est de la camelotte, tout ça. J'aime autant maintenant que vous ne vous soyez pas arrêté, en montant chez Flora. Ça vous aurait paru trop misérable ici, après :

— Les hommes, allez ! vous êtes tous les mêmes : il vous faut les belles choses, le luxe... des femmes bien habillées, bien maquillées, et, quand elles se teignent les cheveux par dessus le marché, elles ne vous en plaisent que mieux.

L'aigreur avec laquelle elle avait dit cela, et qui évidemment s'adressait à son amie Flora, me confirma dans la sensation que j'avais eue des motifs de la courte discussion qu'elles avaient eue toutes deux sur le balcon.

— Je ne sais pas, fis-je en souriant, ce que sont les autres hommes. Mais il y a des luxes qui m'horripilent, et j'ai horreur des teintures et des maquillages.

— Bien vrai? demanda-t-elle : « Bah ! ajouta-t-elle en riant, vous me dites ça parce que vous me faites la cour et qu'il ne serait pas poli de dire autrement...

Puis, sans me laisser le temps de répondre.

« Eh bien ! avez-vous réfléchi, reprit-elle en tournant dans sa pièce, qu'est-ce que nous faisons aujourd'hui ?... Votre programme ?...

— Mon programme est de faire ce qu'il vous plaira !

— Oui ? c'est pas de la blague ? et elle s'arrêta devant moi, le corps tendu et les bras levés pour poser une épingle sur son chapeau qu'elle venait de mettre. N'y faisait-elle pas attention ? ou était-ce une coquetterie un peu calculée ? Mais dans ce mouvement, tout son corps, admirablement moulé dans sa robe, semblait s'offrir, et j'eus un instant la tentation de lui allonger les bras autour de la taille et de l'attirer vers moi.

— Alors, vous n'avez pas d'idée, continua-t-elle en me regardant.

— Si, fis-je en souriant, j'en ai bien une... mais.

Elle s'écarta avec un coup de hanches qui enroula savamment, trop savamment, sa jupe autour d'elle.

« Vous, vous allez dire des bêtises ! » dit-elle en se dirigeant vers son armoire à glace devant laquelle elle se posta, achevant d'arranger ses cheveux et son chapeau. Cependant, très attentive à ce quelle faisait, elle s'en distrayait quelquefois pour m'épier à la dérobée, toujours rieuse et murmurait, à mots hachés, avec des épingles dans la bouche... Moi !... puisque... vous me donnez le choix, j'irais bien en voiture...?

— Entendu !... mais où ?

— Aux Champs-Elysées... au bois... continua-t-elle, de même... Puis... nous irions déjeuner... Ça vous va jusqu'à présent ?... oui... mais où irions-nous déjeuner, voilà ?

Et, toujours, des épingles dans la bouche, elle s'était retournée vers moi, interrogative...

— Il y a des restaurants au Bois ! répondis-je...

— Oh !... très chic !... entendu alors...

— Et, ajoutai-je en souriant, d'un ton d'attaque « en cabinet particulier !... »

— Ah ! çà ! non ! fit-elle vivement... Les cabinets particuliers, le matin !... et puis quoi ! les cabinets particuliers, c'est bon pour ceux qui ne peuvent pas se voir autrement... Mais nous ne sommes mariés, n'est-ce pas, ni l'un ni l'autre... Car... et, elle resta, le geste suspendu, me regardant fixement, Germaine m'a dit que vous n'étiez pas marié... C'est bien vrai, au moins ?...

— Ouf ! soupira-t-elle, à la bonne heure : Car autrement, voyez-vous, il n'y aurait rien de fait, pas ça ! et elle fit claquer entre ses dents l'ongle de son pouce.

— Seulement, la voiture reprit-elle après quelque temps de silence — vous l'enverrez chercher par le concierge, quand nous descendrons et nous l'attendrons sous la porte :

Je veux que Flora nous voie monter en voiture, et, même, je recommanderai au père Laurent — je compris que c'était le nom du concierge — de prendre la plus propre et la plus belle...

— Voulez-vous une remise ?

— Ah ! ça, ça serait gentil... se récria-t-elle, la figure toute illuminée, d'autant qu'il y en a ici tout près... Vrai ? vous voulez bien !

— C'est entendu, lui répondis-je.

— Ah ! tenez... je vous embrasserais bien, en récompense... Mais vous avez une mine qui m'inquiète ; vous voudriez trop en profiter. Et, de fait, ne restons pas plus longtemps, ici, partons... Flora s'imaginerait des choses encore : et ce serait une nouvelle scène.

Tout en lui aidant à mettre son mantelet, à la mode de l'époque :

— Pourquoi donc, lui demandai-je sérieusement intrigué, vous inquiétez-vous tant de votre amie ?

— Vous saurez ça... vous saurez ça.

— Dites-moi, au moins, pourquoi vous tenez tant qu'elle nous voie partir en voiture.

— Vous voulez le savoir ?... et, très animée, avec un grand geste de ses bras qui s'écartèrent de son corps, comme deux ailes qui s'ouvriraient... Eh bien ! là ! — cria-t-elle — c'est qu'elle vous a *chiné* tout à l'heure... Comprenez-vous !

— Je souris : « Je m'en doutais parfaitement...

— Vous vous en doutez ! vous vous en doutez !... mais vous n'avez pas entendu, n'est-ce pas ?...

Je la regardai : elle n'était plus la même : le front se plissait de rides épaisses et pâles, tandis que tout le visage devenait cramoisi ; les yeux

étaient hagards, ils ne louchaient pas positivement, mais ils étaient presque bigles : la lèvre supérieure, déjà mince, s'était encore rétrécie et était blanche...

— Flora ! Flora ! — reprit-elle — elle est mon amie, je ne dis pas...

elle m'a rendu des services, n'est-ce pas ?... Moi, aussi, je lui en ai rendu ; nous sommes quittes. Elle voudrait que je fasse comme elle... que j'aie un amant aujourd'hui... un autre demain... et, des fois, plusieurs dans la même journée ?... Moi, ça me dégoûte ?... Elle voudrait faire sa maîtresse, parce qu'elle a de l'argent : — mais ça ne prend pas avec moi, ça... Je n'en ferai qu'à ma tête, et je lui ai dit... Voilà !...

Je ne pouvais que l'approuver, si inquiet que je fusse de la violence qu'elle montrait : — Vous avez raison, lui répondis-je :

— « Ah ! mais ! — continua-t-elle, il ne faudrait pas qu'elle veuille me mener celle-là, parce que je suis plus jeune qu'elle, que nous sommes du même pays, et qu'elle a plus d'argent que moi... J'en aurais comme elle si je voulais faire comme elle... Mais, que voulez-vous, je vous le répète, ça me dégoûte.

Et elle répéta plusieurs fois avec de grands gestes : « Ça me dégoûte ! ça me dégoûte ! »

Bien que je regrettasse un peu la véhémence de l'expression, je ne pouvais qu'approuver un si louable sentiment, d'autant que je le sentais sincère. Et je l'approuvai en effet. J'espérais la voir se calmer. Mais il semblait, au contraire, que chaque effort que je faisais dans ce but, l'exaltait encore davantage, et elle en arriva contre son amie, à des récriminations et à des invectives d'un vocabulaire qui me désillusionna un peu. Vraiment, était-ce bien la même femme que celle avec qui j'avais passé la soirée la veille ; — rieuse, un peu étourdie, mais qui semblait si bonne enfant, et si facile à vivre !

Je pris donc le parti de tenter une diversion — : « Savez-vous, lui dis-je en tirant ma montre, qu'il va être onze heures, et si nous voulons faire un tour au bois...?

— C'est vrai ! fit-elle vivement : « elle serait trop contente, n'est-ce pas ? si elle savait que je m'occupe tant d'elle ; puis, tout à coup rassérénée, presque réjouie avec une promptitude qui me fit sourire : alors, vous voulez bien envoyer chercher une remise ?

— N'est-ce pas entendu ? répondis-je.

— Vous avez raison : il faut se dépêcher : elle serait capable d'être déjà à table et, comme sa salle à manger donne sur la cour, elle ne nous verrait pas... Partons vite ! et elle prit vivement son ombrelle et ses gants disposés sur le lit, se posa encore devant la glace pour jeter un dernier regard à sa toilette, s'arranger les cheveux, se tamponner sa jupe, et, toute la face éclairée de joie :

— Allons ! ordonna-t-elle me poussant vers la porte avec un geste gamin : « filons maintenant ! »

Arrivés devant la loge du concierge, je priai celui-ci de vouloir bien aller chercher une remise : il eut, du côté d'Adèle, un regard de familière félicitation qui me déplût.

— « Tout de suite, me répondit-il, Monsieur » et il partit.

Pendant que nous l'attendions sous la porte cochère Adèle, tout en achevant de mettre ses gants, me regardait comme pour me parler, hésitait puis semblait ne pas oser et baissait la tête, comme tout occupée de ses gants.

— Voyons ? lui demandai-je, vous désirez quelque chose ?...

Elle éclata de rire, le nez levé vers moi, mutinement. — « Ah ! savez-vous que vous êtes un bon devineur, vous !... Eh ! bien oui !— et, presque d'un ton de prière, désignant le concierge qui s'éloignait, — « vous lui donnerez un bon pourboire, n'est-ce pas ?... ajouta-t-elle. — On a toujours besoin de ces gens-là : et, dame ! si vous revenez me voir ?...

Elle s'interrompit, m'épiant d'un regard en dessous.

— Soyez tranquille, affirmai-je, en riant. — S'il ne dépend que de moi, je serai au mieux avec votre pipelet...

Il revenait, se carrant dans la voiture qu'il était allé chercher ; — une voiture de fort bonne tenue, ma foi ! et découverte comme le lui avait recommandé Adèle, ce qui m'avait un peu contrarié. Car j'avoue que j'espérais quelques privautés de cette promenade, et une voiture découverte ne les favorisait guère. Je n'avais pourtant fait aucune observation ; le temps était absurdement beau, pas le moindre nuage qui eut pu prétexter l'intimité d'une voiture close !

Le concierge sauta à bas de la voiture.

« Chic la voiture, — dit Adèle... chic ! le cocher, pas vrai !... on dirait un milord anglais !

Cependant, je donnais un louis au concierge, qui me remerciait avec un grand salut, courait empressé, à la voiture, et ouvrait la portière auprès de laquelle il nous attendait dans l'attitude d'un larbin de bonne maison qu'il avait peut-être été.

Mais, au passage d'Adèle, ses lèvres se plissèrent d'une discrète ironie confidentielle... Décidément, ce concierge me déplaisait !

Adèle, un peu roide, un peu *poseuse*, s'installait au fond de la voiture où elle étalait et arrangeait sa robe, pendant que je prenais un arrangement avec le cocher dont « l'air milord » faisait son admiration et m'eut, moi, plutôt irrité. En même temps j'observais le manège d'Adèle. Il m'amusait : sans avoir l'air d'y mettre aucune intention, elle levait les yeux obliquement sous son chapeau, pour examiner Flora qui, toute penchée sur la rue, s'écrasait les seins à la balustrade de son balcon, pour la regarder.

Brusquement, Adèle releva la tête, feignait de s'apercevoir seulement, alors, comme par hasard, de la présence de son amie, à laquelle elle adressa un joli geste de main et un sourire.

— Tu pars pour toute la journée ? lui demanda Flora.

— Dame !... répondait Adèle, en me regardant... oui, je crois et, s'adressant à moi : « Mon amie Madame Flora de Sainte Assise. »

Je compris qu'elle désirait que je saluasse son amie et lui répondisse moi-même. Je m'exécutai galamment, et, le chapeau levé,

— Je garderai Mademoiselle Adèle tant qu'elle ne s'ennuira pas avec moi, répliquai-je.

— Oh ! alors ! s'écria Madame Flora de Sainte-Assise, la bouche tordue dans un faux sourire, avec un regard dur et inquisiteur sur Adèle et sur moi... Oh ! alors !... reprit-elle ; puis, dans un rire affecté qui grinçait le dépit :

« Je vois ça, ajouta-t-elle, déclamant : c'est le grand jour !... Eh !
bien ! mes enfants, prenez-en à votre aise... amusez-vous bien ! »

Et, pendant que je montais en voiture, à côté d'Adèle, celle-ci,
toute radieuse, me soufflait à mi-voix : — « ce qu'elle rage ! »

Le cocher fouetta ses chevaux : nous dérapions. Deux ou trois fois
encore Adèle se retourna pour jeter encore du bout du doigt un adieu
à Madame Flora toujours penchée à son balcon, et qui semblait en
conversation très animée avec le concierge qui, au-dessous, l'écoutait,
le nez en l'air !

Raconter cette journée ?... Voilà, par exemple, qui me serait bien impossible !... à l'évoquer aujourd'hui, combien elle me parait fastidieuse et vide. Mais mon désir avait servi à l'occuper et à la remplir toute. La constante intimité de la voiture, de la table, de la loge le soir au café-concert ; les familiarités risquées, mollement repoussées, ou tolérées en riant comme des badinages, ou encouragées par de furtifs et prompts abandons, ou ajournées par de vagues promesses, m'avaient tenu en un tel état d'excitation que tout ce qui n'était pas Adèle, tout ce qui ne se rapportait pas à l'idée de la posséder, m'était indifférent, et m'irritait même un peu, plutôt !

Et, pourtant, je me rappelle que j'eus, parfois, en cette ivresse croissante, de subites éclaircies de bon sens. Je la trouvais si étrangère à tout ce que j'aime dans la vie, si indifférente à tout ce qui me passionne, d'une ignorance si incurieuse de l'art, de la littérature, de tout : je sentais se mêler si peu d'âme en cet échange tout sensuel qui s'établissait entre nous et dans lequel, encore, je sentais bien que je mettais du mien plus qu'elle ne mettait d'elle, — que, par instants, j'eus le lucide pressentiment que je faisais une sottise : que j'allais engager toute ma vie, et que j'étais perdu ! Et, dans ces instants, je prenais la détermination d'être fort contre moi-même, de résister à la tentation.. Je lui avais promis toute la journée, je ne m'en dédirais pas... Mais le soir, arrivé devant sa porte, je la quitterais ; sans la prévenir, dès le lendemain matin, je repartirais pour le Midi.

Mais toutes mes belles résolutions mollissaient à un regard, s'évanouissaient à un contact de sa chair contre la mienne.

Car, vraiment, que pouvait ma volonté contre la révolte de mes désirs encore exacerbés par une longue chasteté et la cour que j'avais faite à la maîtresse de Germaine? Je ne suis pas — malheusement — de ceux qui, en ces crises aiguës, peuvent avoir recours à la cure des amours tarifées, auxquelles je répugne invinciblement. La satisfaction physique m'est impossible s'il ne s'y mêle au moins l'illusion d'un peu de sentiment et d'imagination. Jugez par là, de quelle résistance j'étais capable, en l'état où je me trouvais auprès de cette belle fille, qui eut suffi, à elle seule, à m'affoler. — Ah ! de combien de crimes et de folies n'est pas accusable cette abstinence dont la religion chrétienne a fait une vertu? et qui, en réalité, est un péché pire et plus anti-social que celui qu'on lui oppose, la Luxure ! comme si les plus honteuses luxures ce n'était pas le plus souvent la chasteté elle-même qui les produit. La force régularisée accomplit normalement son œuvre, la force comprimée pervertit ou détruit.

Je l'éprouvai moi-même ce jour-là. Je ne suis ni un brutal ni un goujat : « j'avoue que, si j'eus de rapides instants de raison, j'en eus aussi de violentes tentations ; et je crois que j'y eusse cédé, si j'en avais eu l'occasion. Mais, de toute cette journée, nous ne fûmes pas seuls un instant. Au restaurant, nous avions déjeuné dans la salle commune, et la promenade au bois en voiture découverte ne m'avait permis que des intimités timides et furtives. Elles n'avaient pas toutes été très bien reçues. J'espérais une revanche au dîner : mais ma proposition d'un cabinet particulier fut énergiquement écartée. Je n'eus pas plus de chance au concert ; notre loge aux premières galeries, était exposée à tous les regards.

A la sortie nous allâmes encore au café— un café presque célèbre
sur une des places des anciens « boulevards extérieurs. » Jeremarquai
qu'Adèle avait échangé un rapide signe d'intelligence avec un groupe
de jeunes gens, attablés à quelques pas de nous. Cet incident, qui
éveilla en moi une foule de surprises, faillit me faire réfléchir :
cette résolution me revint, une seconde, d'en rester là de ce petit
roman qui s'annonçait vraiment comme trop banal. Et, pour me
fortifier en cette décision, je me mis à observer ces jeunes gens ; à
leur gaité tapageuse, à la peine qu'ils prenaient pour attirer l'attention sur eux, je les eus, vite, classés. Je ne doutais pas qu'ils ne
fussent quelques commis de bazar ou de magasins de nouveautés.
Un, pourtant, me désorientait un peu : il ne ressemblait pas à ses
camarades : le cou gras et court, trapu, les épaules larges, il avait
des cheveux blonds frisés, presque roux, avec une raie qui les divisait
parfaitement, autour d'une figure rose, aux lèvres rouges, à la fois
orgueilleuse, naïve et d'une expression très dure, à cause de la lueur
métallique des yeux. Les coudes appuyés sur la table et le menton
dans les deux mains, il projetait sur Adèle des regards qui, plus d'une
fois, s'étaient distraits vers moi.— N'était-ce pas à lui qu'Adèle avait
souri tout à l'heure !... Je n'en savais rien.

Tous ces jeunes esbrouffeurs faisaient, tout haut, des plaisanteries
d'un très sot goût, qu'ils croyaient, sans doute, très spirituelles, car
après, leurs coups d'yeux parcouraient, curieusement, la salle
comme pour y ramasser toute l'admiration qu'ils avaient produite.
Mais c'est surtout du côté d'Adèle qu'ils épiaient. Elle semblait, vraiment, fort s'amuser, s'étouffant le rire dans son mouchoir pour ne
pas éclater. Crut-elle lire dans un regard que je détournai vers elle à
ce moment, un étonnement ou un reproche ?... Tout à coup, elle se
roidit ; et, sa physionomie fut tout aussitôt bouleversée ; un froncement de rides épaisses s'amassa entre ses deux sourcils, avec je ne
sais quoi de hagard soudain dans les yeux.

— « Ça vous déplait que je m'amuse ?... » m'interpella-t-elle très
haut ; et sa voix vibrait, aggressive, presque méchante.

Eux, avaient entendu : toutes les têtes s'étaient virées vers nous : —

avec une curiosité, et des sourires où je devinais l'ironie d'une joie contenue.

— Non, répondis-je, me dominant pour ne pas être ridicule et sentant que j'étais guetté par des ennemis ; non, il ne me déplait pas que vous vous amusiez. Mais, veuillez songer, ma chère enfant, que vous êtes avec moi, et non avec ces messieurs...

— Préférez-vous que j'aille les rejoindre ? me fit-elle, durement, avec le mouvement de se soulever pour quitter sa place.

Je gardai tout mon calme, non sans effort : — Je n'ai nullement l'intention de m'imposer, ma chère enfant, lui répliquai-je très courtoisement. Vous êtes absolument libre.

Après une seconde d'hésitation, elle se rassit ; mais je surpris, au passage, un croisement de regards entre elle et le jeune homme aux cheveux blonds frisés. — Je ne m'étais donc pas trompé ; c'était bien pour lui, son sourire, quand elle était entrée. Sans avoir l'air d'y faire attention, je suivais ce colloque de regards ; je comprenais très bien que l'autre l'appelait : mais, évidemment, elle ne voulait pas et même, un moment, elle répondit par un refus très dur ; et, impatientée, elle se leva : — « Partons, me dit-elle d'un ton bref : et très haut pour être bien entendue, » accompagnez-moi jusque chez moi, me dit-elle. Elle logeait tout près.

Nous ne dîmes rien pendant les premiers pas. Il me semblait pourtant que son bras pesait sur le mien assez significativement. Je répondis à tout hasard, en pressant le sien contre moi. Elle partit d'un éclat de rire et ne dit rien. Je ne savais trop que penser.

Arrivé devant sa porte, j'étais, je l'avoue, un peu embarrassé. J'ai toujours été d'une telle circonspection vis-à-vis des femmes, surtout de celles que je désirais, que plusieurs, je le sais, m'ont dédaigné, comme un sot qui ne savait pas profiter de l'occasion. C'est une grande faiblesse que de respecter les femmes, et dont elles vous tiennent généralement rancune. Nous restâmes donc un instant que je ne puis apprécier, nous regardant l'un l'autre, la main dans la main.

— « Je regrette, me dit-elle enfin, de n'avoir pas un appartement comme Flora, et de ne pouvoir rien vous y offrir...

— « Puis-je espérer que cela veut dire qu'en ce cas vous me per-
mettriez de monter avec vous ?... lui demandai-je.

— Mais oui !... répondit-elle... en riant. — Ça peut s'entendre
comme cela, si vous voulez... Mais ça ne nous engage à rien ni l'un
ni l'autre...

— Je l'entends bien, comme ça ! — répliquai-je en riant.

— Marchez doucement ! — me recommanda-t-elle à voix basse —
en poussant doucement la porte ; il est inutile, pas vrai ? que le pipelet sache que nous montons ensemble ?

J'approuvai, — je marchai derrière elle sur la pointe des pieds ;
quand elle fut devant la loge du concierge, elle jeta son nom en passant. Arrivés à l'escalier, nous montâmes ainsi jusqu'au premier : là,
s'arrêtant sur le palier et me lâchant la main :

— « Ici, dit-elle, un peu essoufflée, le concierge ne peut nous voir.
Vous pouvez allumer !

Je fis craquer une allumette-bougie, toute la cage de l'escalier
s'éclaira.

Nous arrivâmes tous deux en même temps à sa porte. Je fus rassuré.
Tout en mettant la clé dans la serrure, elle me regardait en riant,
essoufflée.

— « Je passe devant vous, me dit-elle, quand elle eut ouvert » et, me
laissant dans l'antichambre, attendez que j'aille chercher une lampe.

Pendant qu'elle entrait dans sa chambre, je refermais la porte d'entrée. J'étais dans la place, ce serait bien le diable si je ne m'en rendais maître. Quand elle revint offrir le bec de sa lampe à pétrole à la
flamme de la bougie, je l'observai : elle ne me regardait pas et ne
souriait plus. Il y avait un froncement de plis inquiet sur son front
entre ses deux yeux. Si je la désirais, et très passionnément en ce
moment, je n'avais pas la fatuité de croire qu'elle me désirait, elle.
Du moins, je dois l'avouer, sa physionomie et son attitude n'en trahis-
saient rien. Elle paraissait absolument tranquille et ne pas, du tout,
s'apercevoir que je tremblais comme un fiévreux. Pourtant quand sa
lampe fut allumée, je crus surprendre qu'elle me regardait à la dérobée, avec le plissement d'un furtif sourire aux lèvres.

Elle entra dans sa chambre : j'y entrai derrière elle.

C'était, comme je l'ai dit, une pièce assez petite, et, surtout ; très étroite, — si étroite qu'entre le lit à gauche, — immédiatement contigu à la porte — et l'armoire à glace qui faisait face au lit, une personne seule pouvait passer. Si on se rencontrait deux, il fallait s'effacer l'un ou l'autre. — La porte de l'armoire quand elle était ouverte frôlait presque le bateau du lit. Ces deux meubles formaient une sorte de première pièce, la chambre à coucher proprement dite.

L'autre partie de la pièce formait salon. — Un salon bien modeste, mais proprement et coquettement tenu.

Le dessus de la cheminée n'était pas fort encombré: de menus objets de femme, des bibelots sans valeur: pour toute pendule, un vase d'imitation chinoise grossière, gagné à quelque *tirelotage* forain, avec un bouquet de fleurs artificielles dedans.

Tandis qu'elle posait la lampe sur la cheminée, je fermai la porte ; et comme je passais derrière elle pour aller déposer sur une chaise, au fond, mon chapeau et mon pardessus, je surpris dans la glace son regard qui m'épiait curieusement, et avec une sorte d'appréhension pensive. Mais, se sentant observée, elle reprit tout à coup un air indifférent; défit son chapeau et son mantelet qu'elle jeta sur le canapé, et alla — un peu décontenancée, me parut-il — se poster devant son armoire à glace, les bras levés, dans l'attitude de s'arranger les cheveux.

Je n'y tins plus : je bondis vers elle : avant qu'elle eût eu le temps de dire aï !

Je lui enlaçais la taille du bras droit, et, du gauche, paralysai la défense qu'elle essayait de faire ; je cherchais de mes lèvres sa bouche qui cherchait vainement à les éviter et que je réussis enfin à atteindre d'un long baiser implacable et furieux qui, lui déclavant les dents de force, lui humait toute l'haleine.

— Vous m'étouffez !... suffoquait-elle, haletante. Mais vous pensez bien que je ne l'écoutais guère : et que mes mains ne restaient pas plus inactives que mes lèvres : — enfin, d'un mouvement brusque, je la soulevai et la jetai sur le lit...

Je ne dirai point qu'elle défaillit amoureusement : non : elle céda.

La violence de l'assaut justifiait d'ailleurs sa défaite. Elle l'accepta vite, et bravement, dédaignant les hypocrisies de pudeur par lesquelles tant de femmes, si sottement, en croyant doubler le prix de leur abandon, nous en fatiguent d'avance. Car il n'y a que les brutaux qui peuvent sentir leurs plaisirs augmentés par l'illusion du viol. Je n'ai jamais pu aimer qu'une femme franchement consentante.

Adèle fut cette femme-là. Je lui en su gré. Pourtant si elle fut complètement et loyalement, dirai-je, la femme que je désirais qu'elle fût, si je ne puis lui reprocher de m'avoir causé la moindre déception, — au contraire, j'eus plutôt d'adorables et inoubliables surprises, — je sentis bien que ce n'était pas moi qu'elle aimait en moi, qu'un autre à ma place, dans les mêmes circonstances et qui l'eut attaquée avec la même ardeur, eut obtenu d'elle la même réciprocité de joie que j'en obtins. — En une nuit passée ensemble, homme et femme, on se connaît mieux que deux hommes après une intimité de vingt ans. — Je jugeai de suite qu'Adèle était un tempérament très calme et presque indifférent quand il était au repos : ses désirs étaient latents et ses sens, il fallait, pour les surexciter, la provocation d'un désir extérieur ou d'une circonstance : alors, ils se détendaient dans la passion avec une fougue extraordinaire. Je l'éprouvai en cette première nuit. Conquise de suite, elle aima en moi l'amour avec une passion dont je n'eus pas la fatuité de m'attribuer le mérite. Je ne fus même pas mécontent de le constater, préjugeant de là que nos relations seraient telles tout juste que je souhaitais, c'est-à-dire sans l'appréhension qu'elles pussent jamais devenir pour l'un ni pour l'autre, une chaîne ou même un embarras. Si bien que, quand nous nous quittâmes le lendemain, nous étions fort satisfaits l'un et l'autre.

C'était bien la maîtresse de passage qu'il me fallait, pour me consoler d'un long séjour d'ennui à Paris, et de ma cour inutile, mais très surexcitante, auprès de la maîtresse de Germaine.

Je me promis bien d'employer avec Adèle les quelques jours pendant lesquels je comptais prolonger mon séjour à Paris, et, pour le soir même, je repris rendez-vous avec elle.

Le programme n'était pas changé — dîner au restaurant. Mais quand je proposai une soirée au théâtre : on jouait en ce moment deux ou trois pièces qui m'intéressaient, elle prit un air ennuyé.

— « Ah ! vos théâtres où l'on parle — protesta-t-elle avec un peu d'impatience. Je n'aime pas ça... Non, décidément... Je vous le dis.. je ne puis pas supporter cela..

Et elle choisit, encore, un inepte café-concert.... « parce que là, au moins, on entendait de la musique ! »

Je me résignai... « Soit ! au café-concert ! »

Et ça avait été ainsi tous les soirs, pendant quelques jours. Il y avait, à vrai dire, à ces ennuis, des compensations, mais qui me laissaient tout de même un peu insatisfait et presque attristé.

Des jours et des jours passèrent encore, et je ne me décidais pas
à partir.

La vérité est que je commençais à m'attacher à Adèle.

J'avais fini par quitter mon hôtel et par vivre, avec elle, chez elle.
C'était le collage.

Je ne sais vraiment comment j'y fus amené. Un peu par raison
d'économie, je suppose, à quoi bon faire les frais d'un hôtel où je
n'étais jamais ?... Il valait mieux consacrer ce peu d'argent à payer
quelques plaisirs de plus à ma maîtresse. Je n'étais pas alors en une
trop mauvaise situation financière : mais je sentais venir le moment
où je serais obligé de compter; car je travaillais peu, et mes réserves
s'épuisaient, sans que je prévisse quand je pourrais commencer à les
renouveler. On me rappelait par des lettres pressantes dans mon pays
où l'imprimeur lithographe, à la maison duquel j'étais attaché, commençait à trouver mon absence un peu longue. Il est vrai que j'avais,
en compensation, obtenu de quelques éditeurs et revues de Paris des
commandes qui me rassuraient, mais il fallait les exécuter et, pour
cela, rentrer chez moi : car, avec Adèle, j'avais la vie trop distraite
et trop éparpillée pour pouvoir rien faire.

Adèle, sans être dépensière, ne savait pas la valeur de l'argent ;
elle ne s'embarrassait jamais à compter. Comme je ne lui avais point
caché que je n'étais nullement millionnaire, elle n'avait pas de caprices trop exagérés, mais elle les avait fréquents et impérieux. Elle
ne pouvait supporter qu'une fantaisie, qu'elle exprimait, ne fut pas
réalisée aussitôt. Elle entrait alors en des impatiences qui se mani-
festaient parfois assez violemment : et cela avait même amené entre
nous quelques scènes qui faillirent à me faire réfléchir. Mais l'habitude venait et, avec elle, une véritable affection, une affection sensuelle pour la femme fort désirable qu'elle était — d'abord — puis
une sorte d'affection protectrice et paternelle en dépit, ou peut-être
même à cause de ses défauts d'écervelée et d'enfant gâtée.

Pourtant, après une de ses colères, pour un motif si futile que
même je ne m'en souviens pas, et pendant laquelle elle m'avait effrayé
par une véritable démence, j'avais arrêté le dessein de la quitter.
Mais comment l'exécuter? comment partir de chez elle, où j'avais
tous mes bagages et, parmi, tous mes travaux commencés, sans renouveler une scène pire encore ? C'est alors que je me repentis.
comme d'une sottise, de n'avoir point gardé ma chambre d'hôtel. Et
pendant que je songeais en moi-même au moyen de « filer à l'anglaise »,
l'habitude et l'affection plaidaient toutes deux secrètement en moi,
contre cet abandon qui me paraissait une goujaterie. Puis j'eus le cœur
serré en pensant à ce qu'elle deviendrait si je la laissais à elle-même,
étourdie comme elle l'était, et absolument incapable d'une détermination réfléchie. Depuis bientôt un mois qu'elle était avec moi ou
plutôt que j'étais avec elle, elle n'était plus retournée à son atelier :
je lui avais donc fait perdre sa place, et, aussi, ce qui était plus grave,
le goût de son métier. Que deviendrait-elle? Je la vis, poussée par les
mauvais conseils de son amie Mme Flora et sans défense contre les
tentations, tombant petit à petit à la vie galante, et, comme elle n'en
avait certainement ni le tempérament ni le caractère, elle s'y per-
drait infailliblement et finirait peut-être même par être précipitée plus
bas encore, je fus épouvanté de ma responsabilité : — et je restai.

Je ne crois pas qu'elle attribuait à leur véritable cause, ma patience et les condescendances que je lui témoignais. Elle n'y vit que la preuve de l'empire qu'elle exerçait sur moi, et, peu à peu ; s'assurant là dessus, elle ne se contraignit plus. Ce qui m'effrayait le plus, c'était, je l'avoue, de constater que, dans tout le temps que je passais auprès d'elle, nous ne communiquions par rien autre chose que par les sens. Je la désirais, et elle n'était pas insensible à mon désir, sans que je pusse dire cependant si j'étais plus avancé qu'au premier jour : — si elle m'aimait en moi ou n'y aimait qu'elle même, c'est-à-dire le plaisir.

Mais, en dehors de cela, elle n'aimait rien de ce que j'aimais : elle ne pouvait faire le moindre effort de lecture, sinon, le soir, pour son journal où elle cherchait avidement les faits divers et les potins du jour. Mais, certes, de sa vie, elle n'avait pas lu un seul livre — pas même le roman le plus futile.

Elle ne pouvait s'astreindre à fixer son attention sur rien. Nous n'avions entre nous aucun sujet de conversation, si ce n'était sur nos projets du jour ou du lendemain, les banalités quotidiennes, ses caprices, les anecdotes de sa vie, etc.

Aucun échange d'idées n'était possible. Plusieurs fois j'avais essayé de l'attirer un peu vers celles qui me préoccupaient.

Sa réponse était invariable: que veux-tu que ça me fasse, tout ça !... Je n'y connais rien... — J'aurais voulu aussi l'initier un peu à mon art : je lui avais montré mes dessins et mes esquisses. Elle avait regardé d'un œil qui ne voyait rien.

— « C'est de toi cela ? m'avait-elle-dit !

J'étais déjà flatté, et je souriais : « Sans doute, répondis-je ».

— Tu ne l'as copié nulle part ?

— Je ne pense pas, fis-je un peu désenchanté.

— Alors comment sais-tu que c'est bien ?

Je la regardai d'un air si ahuri qu'elle s'impatienta : — « Oui, je dis ça, Et je ne me crois pas plus bête qu'une autre en le disant. A voir les yeux que tu fais, on croirait que tu deviens stupide ! Il faut que tu aies beaucoup de toupet pour croire que tu vas inventer, toi, ce que les autres n'ont pas encore fait. »

Et comme mon ahurissement ne cessait pas, — au contraire ! — elle brouilla d'un geste irrité tous mes dessins.

— Eh bien ! tiens ! se mit-elle à crier — ne me parle plus de tout cela... Ça ne me dit rien, ces machines-là... Je te le répète. — Tu auras beau détourner les yeux comme si tu avais horreur de me regarder et prendre cet air désespéré, ça m'est égal... entends-tu ! — et elle s'exaltait à crier encore plus fort — toutes ces machines-là... Et veux-tu que je te dise : je ne comprends pas qu'un homme se prétende intelligent et sérieux, en faisant des choses comme ça... Et qu'il y ait des idiots pour les acheter, ça, je le comprends encore moins ?... Puis, adoucissant le ton tout à coup : « Car, vrai ; on te paie ça... C'est pas un coup que tu me montes ? »

Et, prenant au hasard un de mes dessins, qu'elle se mit à considérer quelque temps, avec un effort visible pour tâcher d'y comprendre quelque chose.

Celui-là, par exemple, que tu viens de finir, et que tu vas porter, dis-tu, à ton libraire, — combien *qu"il* va t'en donner.

— Cent francs, lui dis-je.

— Ah ! » et il y avait dans cet « Ah ! » un étonnement mêlé d'un peu de scepticisme, et, aussi, de quelque considération ; elle me regarda et se tut : je sentais bien pourtant que ce scepticisme l'emportait ; elle était convaincue — elle ne se gêna pas, d'ailleurs, de me le déclarer une autre fois — que « je me fichais d'elle. »

Je l'avoue : cette incompréhensibilité d'Adèle m'attristait ; j'en étais même parfois réellement ulcéré, quoique je ne lui en témoignasse rien, car c'eût été bien inutile ! Etait-ce que ma susceptible vanité d'artiste en fût froissée ? Très franchement, non ! Je suis peu impressionnable à cet endroit-là ; il me semblait seulement que, si Adèle avait la moindre affection pour moi, elle se fut efforcée, sinon de surmonter son indifférence à ce que je faisais, au moins à la manifester, moins hostile et moins agressive.

Ces réfléxions reportaient souvent ma pensée, avec regret, vers Madame X... Avec celle-là au moins je pouvais parler, à mon aise, de mon art, discuter mes idées, exposer mes projets, m'y encourager ou les modifier, m'entretenir enfin amicalement de tout ce qui pour moi donne une utilité et une signification à la vie.

Ce n'était certainement pas une âme à grandes envolées ni à grandes ambitions, que Mme X..., mais c'était une âme, une âme curieuse, une âme de désirs, qui ne peuvait rester oisive, et, avec cela, d'un tact si délicat, d'une prudence si avisée, d'un conseil si opportun, en les doutes, dont nous sommes, les artistes, si souvent obsédés ou tourmentés, qu'on se sentait auprès d'elle, à la fois, rasséréné et stimulé. Je n'ai jamais plus rencontré de femme qui remplît aussi bien qu'elle et si aimablement le rôle d'excitatrice et de consolatrice dans lequel je vois la vraie destinée de la femme.

« Que doit-elle penser de moi, me disais-je en ces moments d'affaissement moral où j'éprouvais que j'aurais tant besoin d'elle. Il y avait plusieurs jours que j'étais allé lui faire mes adieux, en lui annonçant mon très prochain départ... Je n'étais point parti, et je ne l'avais pas revue.

Que devait-elle dire de moi avec sa confidente Germaine : ça il était impossible à mes souvenirs d'évoquer la maîtresse sans sa chambrière. Et je voyais à l'avance le petit sourire ironique de celle-ci si j'osais reparaître, et de quel ton elle me dirait :

— Comment, Monsieur !... vous !... n'êtes-vous pas encore parti ou si vous êtes de retour, déjà !

Une fausse honte me retint encore quelques jours. Mais une après-midi, où Adèle m'avait agacé à vouloir encore passer la soirée en je ne sais quel boui-boui à musique, je pris, de dépit, mon courage à deux mains ; et j'allai sonner à la porte de Mme X...

J'étais un peu ému, même plus qu'un peu. Un bruit de porte qu'on ouvrait et de pas qui s'approchaient, me résonnait comme un écho, au creux de l'estomac. Je reconnaissais les pas de Germaine : et j'essayai de me composer une figure rieuse.

Elle ouvrit et poussa un cri.

— « Ah ! mon Dieu !... un revenant ! »

— Un revenant !... fis-je... qui ne revient pas de bien loin !

7

— Comment pas de bien loin... Vous n'étiez donc pas parti ?... Je vous croyais en train de filer le parfait amour là-bas, sous vos oliviers. Justement, Madame parlait de vous, ce matin.

— Ah !... et, sans indiscrétion, que disait-elle.

— Qu'il fallait — répliqua Germaine avec une petite moue d'ironie — que vous fussiez bien occupé — et elle souligna ce mot — pour n'avoir pas donné le moindre signe de souvenir à vos amis.

— Eh bien ! Germaine..., j'étais encore plus coupable que vous ne le pensez... Car je n'ai pas quitté Paris.

— Ah ?... et il y avait plus d'interrogation que d'étonnement dans ce *ah* ! de Germaine et dans le regard qui le commentait.

Pour gagner du temps à mon embarras de répondre à cette exclamation et à ce regard : — « Est-ce que Madame n'est pas là, demandai-je.

— Non, elle n'y est pas... Madame sort beaucoup en ce moment-ci.

Ce fut à mon tour de pousser un ah ! interrogatif et de le commenter d'un regard qui l'était aussi.

Et elle ajouta : « Je crois même qu'elle ne rentrera pas de sitôt. »

Etait-ce un congé qu'elle me donnait ?... Je voulus m'en assurer.

— Mais vous, Germaine, — badinai-je — ne pourriez-vous m'accorder la faveur d'une audience ?...

— Est-ce à moi personnellement que vous la demandez ? répondit-elle sur le même ton, — ou à la servante de Madame.

— Non, c'est à Germaine elle-même, répliquai-je

— Alors, entrez !

Elle referma la porte derrière moi : je restai un instant indécis : par où commencer ou fallait-il tout lui dire?

— Avant que vous parliez, Monsieur — déclara-t-elle — je dois vous prévenir : je comprends bien que vous venez causer d'elle. Si cela vous fait du bien : je vous écouterai. Mais je ne me permettrai ni une opinion, ni un conseil. Quoi que vous me disiez, je ne répéterai rien à Madame... que ce que vous me chargerez de lui dire... Mes conditions sont acceptées?

Je consentis d'un signe de tête.

— Alors — ajouta-t-elle gaiement, allez-y : et elle s'assit sur une banquette dans l'antichambre, puis me désigna une chaise, en face d'elle.

— Faites comme moi, Monsieur — dit-elle — asseyez-vous.

Je m'assis, il y avait une telle sincérité d'intérêt dans la presque anxieuse interrogation de son regard que mon hésitation s'évanouit. Je sentis que je lui devais toute la vérité : — je la lui donnai.

Elle écouta, sans une marque apparente d'émotion, sans une observation : elle ne m'interrompit ni d'un geste, ni d'un mot.

Quand j'eus terminé, je restai, je l'avoue, un peu décontenancé de cette impassibilité de Germaine.

Elle m'envisagea bien en face avec, aux lèvres, un petit pli de sourire que démentait l'appréhension du regard. — Et maintenant, me demanda-t-elle, quand partez-vous?... » elle feignit de se reprendre et, accentuant son sourire... « quand l'emmenez-vous?... »

— Mais, Germaine, me récriai-je, vous devez bien penser d'après ce que je viens de vous dire, que je n'y suis pas encore décidé.

— Oh !... protesta-t-elle : je vous ai parfaitement écouté... et j'ai bien compris allez, si bien que, je vous le dis, Monsieur ! — vous êtes plus décidé que vous ne le croyez vous-même... Puis, s'animant : — Est-il possible, vraiment, que vous ne vous aperceviez pas que vous êtes en train de l'aimer ! Vous n'êtes pas rares les hommes qui vous attachez d'autant plus aux femmes qu'elles vous font plus souffrir... Il y a d'ailleurs des femmes qui, sous ce rapport, sont aussi bêtes que des hommes. Mais il y en a beaucoup moins, je l'avoue... Voulez-vous que je vous fasse une prédiction, Monsieur?... Pour peu qu'elle ait l'instinct de vous traiter encore plus mal qu'elle ne le fait, vous ne pourrez plus vous passer d'elle... Vous l'aurez si bien dans la peau que ce serait vous écorcher tout vif que de tenter de vous l'arracher de dessus la chair !

L'âpreté de l'accent plus encore que celle des paroles m'étonna un peu : — je regardai Germaine :

— Me donnez-vous donc le conseil, lui demandai-je, de lâcher Adèle.

Elle se leva, vivement :

— Non... de conseil ? répondit-elle en détournant les yeux, je n'en ai pas à vous donner. J'ai déjà trop de regrets de m'être mêlée de... cette affaire... pour continuer.

Elle n'attendit pas ma réponse, et, ramenant les yeux vers moi qui ne cessais de l'observer avec une curiosité croissante.

— Dois-je dire à Madame que vous êtes venu, Monsieur ?... m'interrogea-t-elle, et aussi, lui annoncer que vous reviendrez avant votre départ?

Cette fois, elle ne chercha pas à dissimuler l'ironie de son sourire et de ses regards, qu'elle tint bravement braqués sur les miens, en prononçant ces derniers mots.

— Germaine ! Germaine ! — fis-je d'un air de reproche amical et insinuant... — vous ne savez pas cacher ce que vous pensez : le conseil, que vous ne voulez pas m'exprimer de vive voix, votre sourire et vos regards me le donnent... malgré vous. Parlez... Je ne vous en voudrai pas de votre sincérité, je le jure !. . Je vous en saurai gré comme d'une nouvelle preuve de sympathie... et je tiens à votre sympathie, Germaine !... Ne le croyez-vous pas ?

Elle se colora un peu : son sourire, sans s'effarer tout à fait, se détendit et s'*imprécisa* : — « ma sympathie, Monsieur ?... répondit-elle... De vous à moi, qui ne suis qu'une servante, c'est un mot... comment dirai-je ?... un peu bien recherché? Madame vous estime beaucoup, et elle vous aurait certainement aimé, si... mais ne revenons pas là-dessus... J'aime, moi, beaucoup, Madame, et je crois encore la servir, en vous étant utile — si je le puis. Donc, puisque vous en appelez à ma franchise, je vais vous répondre, encore une fois, franchement... « Et elle acheva en riant, cette fois d'un rire qui était un peu nerveux... » Je veux vous donner cette dernière preuve de ma sympathie, comme vous dites... Souvenez-vous que vous avez promis de ne pas vous fâcher ?

— J'ai promis de vous remercier, Germaine.

Des épaules, elle s'accota au mur ; et, la tête inclinée vers les deux bras croisés sur les seins, — s'appuyant toute sur la tension de sa jambe gauche qui faisait saillir sa forte hanche, tandis que, mutinement, le pied droit jouait avec le bord du jupon — elle s'allongeait, pensive, en une attitude qui offrait tout le dessin et les reliefs de son corps, sous le moulage de la robe. Debout vis-à-vis, j'avoue que je ne perdais rien d'elle : je me passionnais à la deviner toute. Jamais je n'avais eu l'occasion de la tant et si bien détailler : c'était toute une femme nouvelle qui se révélait en elle ; et à laquelle, jusque là, je n'avais presque pas pris garde. J'avais bien remarqué sans doute qu'elle était fort désirable : mais, c'était tout : je n'y avais pas autrement attaché ma pensée.

Il y eut un silence de quelques moments... — S'apercevait-elle de ma contemplation ? et la prolongeait-elle par coquetterie ?... ou, tout simplement, cherchait-elle à me ménager ce qu'elle se proposait de me dire... Quand elle redressa la tête, je dus me confesser que cette seconde hypothèse était probablement la vraie : car j'eus beau scruter son regard ; je n'y trouvai pas l'ombre d'une arrière-pensée quand elle le releva vers moi...

— Donc, fit-elle, en décroisant les bras, et se remettant sur ses deux pieds, mais en restant accotée au mur, — il faut être tout à fait franche... Allons-y, Monsieur — je vous l'ai déjà dit, je crois : au début, je ne croyais qu'à un passe temps, je n'avais pas présenté la *chose* autrement, à Adèle : elle l'avait acceptée. Et elle pouvait le faire tout en restant très honnête fille. Elle était absolument libre et pouvait, en toute liberté, disposer d'elle-même... On est honnête, n'est-ce pas ? tant qu'on ne ment pas ou qu'on ne se vend pas.

J'approuvai d'une inclination de tête, et très sincèrement. Je n'ai jamais eu d'autre théorie morale que celle-là.

— Et, reprit Germaine, je crois Adèle capable de conserver la même loyauté envers l'homme avec lequel elle vivrait... Je ne craindrais donc pas pour vous « les trahisons » comme ça se chante dans les romances.

— Vous craignez, interrompis-je, n'est-ce pas? qu'elle n'ait point beaucoup d'ordre, qu'elle soit dépensière ; et, surtout, qu'elle ne veuille ou ne puisse se faire à mon genre de vie. Jusqu'à présent, j'avoue que je le crains aussi, et que, malgré la cohabitation des corps, nous restons pourtant tous deux l'un vis-à-vis de l'autre, si étrangers d'esprit et d'âme, qu'on serait moins étranger encore si l'on parlait chacun une langue que l'autre ne comprendrait pas.

Elle hocha la tête : — « Non, Monsieur, répondit-elle, ce n'est pas encore cela. C'est dur, sans doute, d'être deux et de vivre pourtant séparément. Mais c'est encore possible... Non ! non ! ce qui fera le malheur d'Adèle et qui fera le vôtre aussi, car on ne rend pas impunément les autres malheureux, c'est son caractère...

— On dit pourtant — répliquai-je en affectant de rire — que les gens emportés sont les meilleurs...

— On le dit des gens emportés, c'est vrai, Monsieur, et on a raison, répondit-elle. On ne le dit pas des coléreux : or il y a plusieurs catégories de coléreux : Adèle, puisque vous voulez que je vous parle franchement, est de la pire de ces catégories-là. Au naturel, elle est bonne fille, quoique ombrageuse et défiante. Mais qu'elle se surexcite un peu, et c'est un penchant sur lequel elle glissera de plus en plus, l'orgueil ou plutôt la vanité et l'envie se mêlent à sa colère en des crises qui, on le lui a prédit, la mèneront à la folie. Car n'espérez pas la corriger, Monsieur. Je vous connais, maintenant, et vous n'êtes pas l'homme de cette besogne là : je vous crois bien capable de perdre patience, peut être parfois. Mais d'un régime de sévérité qui ne reculerait même pas devant la brutalité à l'occasion — non ! Adèle n'est point de celles que l'on dompte par la douceur et l'affection : vous serez doux, elle croira qu'elle vous intimide, et profitera contre vous, comme d'une faiblesse, de votre affection... Et vous passerez ainsi, à cette lutte inégale toute votre vie... Je ne voulais pas vous donner mon avis. Vous l'avez exigé : le voilà très franc, et très net... Vous m'en garderez peut-être rancune... Tant pis... Ce serait pourtant bien injuste de votre part, car je n'ai fait que vous obéir... Quoiqu'au fond, j'espère bien que vous ne ferez pas trop attention à ce que je vous ai dit... Je ne puis pas juger Adèle comme vous... Je ne vois, moi, que les inconvénients de son caractère... Mais, elle vous offre, à vous, des compensations, que vous seul pouvez apprécier,

Et, tout en me regardant du coin d'œil, elle pinçait ses lèvres en l'ambiguité d'un sourire qui était à la fois un peu malicieux et un peu mélancolique.

Pendant qu'elle me parlait, je la comparais à Adèle ; physiquement elle était toute différente, elle en était presque le contraste. Il m'était bien impossible de dire laquelle était mieux que l'autre. Germaine, pourtant, avait certainement une grâce, plus fine, plus déliée, plus avenante : le visage n'était pas à proprement dire plus franc : mais il était pourtant plus épanoui, d'une joie plus aimable avec une saveur de délicieuse sensualité. Elle avait surtout de charmantes, d'étonnantes, de provoquantes lèvres rieuses à la fois et mouillées, et il y avait aussi un peu de pensif dans la coutumière gaîté de ses yeux qui semblaient fleuris tant ils rayonnaient et répandaient de vie autour d'eux. Moins grands que ceux d'Adèle, ils étonnaient moins d'abord : ils étaient peut-être, plastiquement moins beaux, mais bien plus attrayants, et plus intéressants. Leurs belles lumières limpides et chaudes vous mettaient en confiance. On sentait au contraire, de l'inquiétude dans l'admiration qu'on éprouvait, à première impression, pour les yeux d'Adèle ; le regard y était presque sans expression, mais il mettait mal à l'aise par une sorte d'arrière regard qu'on devinait au fond, et qui se décelait par de subits effarements farouches et presque hagards. Dans la colère, ils s'asauvagissaient comme des yeux de bête. Ils étaient presque atroces de folie !

Je ne pouvais pourtant confesser à Germaine que je restais là pour prolonger la comparaison à laquelle je me complaisais dangereusement : car, pour être sincère cette comparaison me troublait un peu ; et, sans me le formuler peut-être aussi positivement que je le fais ici : je me demandais : — Pourquoi n'a-ce pas été elle, aussi bien qu'Adèle... Je dois même croire qu'à un moment, sans le vouloir, mon regard, fixé avec trop d'insistance sur elle, exprima quelque chose de cela : car elle détourna les yeux et les porta sur le cadran de l'horloge, appendue au mur du vestibule.

Mes yeux suivirent la direction des siens : — Voici un regard Germaine, observai-je, qui me donne congé.

— Du tout — répondit-elle. — Seulement, dame !... si vous ne voulez pas voir Madame ?...

Et elle sourit mais son sourire était bridé d'une réticence : — et puis, continua-t-elle, on vous attend... Et gare à quelque scène !

— Vous avez raison Germaine, et doublement, répliquai-je. Je vous remercie d'avoir bien voulu me garder si longtemps, et surtout de votre franchise... Je vous en saurai gré, Germaine — quoiqu'il arrive.

— Quoiqu'il arrive... Ah ! Monsieur, se récria-t-elle doucement, non sans une nuance d'amertume. C'est déjà arrivé, allez !

Et comme je m'attardais à l'interroger du regard, comme pour feindre de chercher sa pensée — que je comprenais très bien.

— Allons, adieu ! Monsieur, — dit-elle — et, se reprenant .. — non, au revoir ? n'est-ce pas ? Vous m'avez bien dit de dire à Madame que vous reviendriez la revoir ?

— Elle... oui, Germaine, et vous, — répondis-je, et je tiendrai ma promesse.

Elle avait reconquis sa gaîté. — Nous verrons bien, Monsieur.

Il fallait pourtant partir : — je tendis la main à Germaine, elle me regarda en me tendant la sienne ; mais, sans doute, je la lui pressai un peu vivement, car elle la retira d'un lent effort, murmurant :

— « Trop tard, Monsieur ! » et, plus fermement : — Ne vous inquiétez pas, Monsieur... Vous serez peut-être heureux tout de même.

Et, pour ne pas me laisser la possibilité d'une réplique, entendant monter un pas dans l'escalier :

— Madame, sans doute ? fit-elle, et elle se hâta d'ouvrir la porte.

Ce n'était pas sa maîtresse : mais quelqu'un qui allait à l'étage au-dessus.

J'étais déjà sur le palier : je dus dire adieu à Germaine qui ferma lentement la porte derrière moi — et je m'en allai — perplexe, pensif... et mal à l'aise.

Quelques jours encore passèrent : et mon départ n'était pas encore
fixé.

Mes courses, mes démarches m'obligeaient à laisser Adèle seule, un
peu plus souvent. Elle me déclara un jour qu'elle s'ennuyait : et
c'était assurément vrai. Son oisiveté d'esprit et, aussi, de sentiment
— car je me faisais de moins en moins illusion sur l'affection dont
elle était capable, — ne pouvait guère remplir, pour elle, le vide du
temps. Elle me demanda donc de prendre une ouvrière à la journée :
d'abord pour lui raffistoler « ses affaires », car elle était, disait-elle,
en guenilles et n'avait plus rien à se mettre. C'était encore vrai :
dès qu'elle avait porté une ou deux fois une toilette, elle en était
dégoûtée ; elle les entassait dans un placard plein de ces chiffons, à
moins qu'elle ne les déchirât avec rage, soit qu'elle eût été offusquée
au café-concert d'une toilette qu'elle enviait, soit que je n'eusse pas

8

promis assez vite de satisfaire quelque nouveau désir exprimé. Puis,
cette ouvrière lui tiendrait compagnie : — elle en avait une, en vue,
très adroite, très industrieuse, qui l'aiderait à tirer parti de tout ce
qu'elle avait de décemment utilisable, et de le rajeunir jusqu'à en
faire du neuf. — Je verrais quelles économies, elles me feraient, à
elles deux !

J'accédai.

Le lendemain matin, l'ouvrière était installée : et nous ne retrou-
vions plus d'intimité que vers le soir.

Cette femme, plus âgée qu'elle de pas mal d'années, et qui « avait
eu des malheurs », ayant été abandonnée de son amant fut bientôt
sa confidente et sa conseillère.

Adèle faisait dire par elle, sous forme de badinage, tout ce qu'elle
n'osait pas encore me dire directement. Mme Volland avait des théo-
ries sur la manière dont devait se conduire un galant homme à
l'égard d'une femme : et cette théorie n'était pas fort compliquée : il
devait tout céder et prévenir même les plus insaisissables caprices.

Quand je rentrais, le soir, je les voyais, souvent, en une très familière intimité ou, toutes deux, en train de chanter, quelques-unes de
ces absurdes ou ignobles chansons de café-concert alors en vogue.

J'avais remarqué que, depuis que Mme Volland venait, Adèle était
plus nerveuse, plus impatiente, plus irascible. J'avais eu un moment
la mauvaise idée, je l'avoue, qu'il y avait entre elles deux quelque
relation suspecte qui détournait Adèle de moi. C'était, en effet, une
femme presque énigmatique que Mme Volland. Sa petite tête allongée
et fine, sous sa chevelure abondante et noire aux crins rudes, avait
des mouvements à la fois lents et inquiets du serpent qui, enroulé
sur lui-même, épie autour de lui, les gestes et l'approche d'un
ennemi dont il se sent menacé. Et, de corps, aussi, svelte, déliée,
onduleuse; elle avait presque l'élégance et la grâce du serpent. Une
robe noire très modeste, très simple, mais très propre et très savamment étriquée, la rendait plus mince et plus souple encore, la faisait
paraître presque maigre, bien qu'au contraire, à la détailler, elle fût
fort à point et bien en chair : son corsage, légèrement échancré à la

gorge, montrait sous une guimpe en tulle noire une poitrine très
blanche et d'une ampleur très suffisante : elle avait cette beauté, que
j'ai toujours appréciée la plus belle chez la femme, une taille très
flexible sur des hanches larges. Mais son visage avec ses yeux mar-
rons, dans lesquels brillait insensiblement un regard souriant, captieux,
un peu trouble ; son teint d'une pâleur blète : ses traits un peu fatigués :
la patte d'oie qui fleurissait à ses tempes, et surtout sa bouche très
plissée, dont la lèvre supérieure ombrée d'un soupçon de moustache,
se relevait, épaisse et d'une carnation éteinte, presque fripée, décelait la femme qui avait usé, peut-être abusé, des sensations les plus
violentes et les plus raffinées. Il était difficile de penser son âge qui
restait incertain entre trente-cinq et quarante.

Ma première impression, en voyant Mme Volland, n'avait pas été
celle d'une extrême sympathie ; je ne fus pas étonné de voir Adèle la
traiter en amie, car je savais que Mme Volland avait été ouvrière chez
la même patronne qu'Adèle : excellente ouvrière, mais trop irrégulière, ce qui l'avait fait remercier : lorsque « son type » la battait, elle
ne venait pas à l'atelier pour qu'on ne vit pas la marque des coups :
et lorsqu'il l'aimait trop, elle oubliait d'y venir. La patronne s'était
lassée, et après qu'elle avait été lâchée par son amant, qui s'était con-
duit salement, Mme Volland, presque dans la misère, n'avait plus de
ressource que d'aller en journée.

Mme Volland qui, la première semaine, n'était venue que tous les
deux jours vint tous les jours. Elle arrivait à 8 heures du matin et
partait le soir à 10 heures. Elle était à la fois couturière et femme
de ménage, faisait les commissions et, lorsque nous ne mangions pas
au restaurant Adèle et moi, elle aidait celle-ci à faire la cuisine. Puis
elle avait des talents d'agrément ; prétendait savoir lire dans les
lignes de la main, savait tirer les cartes, interpréter les songes, et
pronostiquer l'avenir d'après le marc de café ; et autre chose, encore !
Depuis qu'elle l'avait à la maison, Adèle demandait moins à sortir ;
assez chiffonnière par goût, elle aimait à passer sa journée à com-
biner sans cesse de nouveaux arrangements de toilette ; à faire et
refaire des jupons, des corsages, des chapeaux : car elle était, en

cela, très inconstante ; elle n'avait pas plutôt
mis un objet pour lequel elle s'était pas-
sionnée, qu'il ne lui plaisait plus : elle le jetait
alors dans l'armoire où « elle oubliait ses
vieilles affaires », ou le donnait à Mme Volland.
Elle s'était fait faire aussi deux toilettes nou-
velles sous prétexte qu'elle ne pouvait décemment sortir à mon bras avec celles « qu'on lui
voyait toujours sur le dos ». Je n'avais pas eu
de résistance positivement : j'avais pourtant
risqué quelques observations, car je commençais à m'inquiéter de la « baisse » rapide de
ma réserve. Mme Volland s'était mise, en souriant, contre moi — ce
qui ne me l'avait pas rendue plus sympathique.

Mais, enfin, j'avais beau les observer l'une et l'autre, je ne surprenais aucune preuve de l'intimité que je craignais entre elles :
d'ailleurs, le tempérament d'Adèle devait me rassurer là-dessus : elle
n'avait pas assez d'imagination pour avoir des curiosités dans ce sens
et, chaque fois que j'avais amené la conversation sur ce sujet, elle
s'était exprimée avec une si vive répugnance que sa sincérité n'était
pas douteuse. Je n'en continuai pas moins à les observer, et j'arrivai à une autre certitude. J'avais été plusieurs fois étonné, en rentrant, de la lenteur qu'on mettait à m'ouvrir et d'une vague rumeur
de chaises remuées et de voix étouffées.

Je voulus en avoir le cœur net : un jour, en partant, je dérobai
une des deux clés de l'appartement, me promettant de rentrer de
plus bonne heure pour les surprendre. Je montai à pas de loup, glis-
sai doucement la clé dans la porte, que je poussai brusquement, et
j'entrais : je les surprenais toutes deux, debout, dans la hâte d'emporter et de cacher quelque chose : mais elles n'en eurent pas le
temps. — Je vis sur la table, à côté d'un jeu de cartes étalé, deux
verres, une carafe d'eau et un petit flacon... Je reconnus cette fois
l'odeur que je n'avais pu définir l'autre jour . c'était l'infâme relent
de l'absinthe : toute l'atmosphère de la pièce en était intoxiquée.

Adèle resta un moment incertaine sur l'attitude qu'elle devait prendre. Moi, je m'étais raisonné, de suite : bien qu'ayant l'horreur de l'absinthe et du mensonge, j'étais décidé à ne pas me fâcher.

« — Tu as tort, lui dis-je donc d'un ton de très doux reproche, de boire de ce poison. Il te vaut moins qu'à tout autre, à toi qui es si nerveuse...

Mais, à cette remarque, que j'avais déjà faite, je n'eus que trop à confirmer par la suite ; ma douceur ne servit qu'à l'exaspérer : la violence de son caractère encore surexcitée par la folie de l'absinthe, et la joie, le plaisir de la querelle triomphèrent de sa brève hésitation. — Je la vis pâlir affreusement : ses yeux s'injectèrent et devinrent troubles : son front se plissa de rides épaisses : toute sa face se contracta en une véritable expression de folie qui me fit peur, tout son corps fut secoué d'un tremblement ; et, tout à coup, avec une fureur qui lui désarticulait tous les gestes, elle se lança contre moi. Menaçante, et la main crispée en griffe, elle me touchait presque :

— « Sale lâche ! me cria-t-elle d'une voie saccadée et haletante... espèce de vaurien !... Ah ! on me l'avait bien annoncé, ce qui m'arrive !... Flora me l'avait bien dit de me méfier de vous, de ne pas aller avec vous... Je le reconnais maintenant : elle me donnait, là, un vrai conseil d'amie... mais je le reconnais trop tard !... Ah ! j'ai gagné ma journée, le jour où je vous rencontrai..., vieux chenapan...

Je l'écartai doucement, d'un air très calme : elle en fut un peu démontée.

— « Vous m'avez déjà informé, lui dis-je, des sentiments de Madame Flora à mon égard : ils me sont fort indifférents... Mais, je voudrais bien savoir ce qui peut vous faire regretter de n'avoir pas suivi ses conseils...

Elle se campa devant moi, les bras croisés, les deux poings sur ses hanches balancées en une attitude de défi grossier presque canaille : les yeux mi-clos et plissés comme on fait pour regarder au loin, étaient si venimeux entre leurs paupières clignotantes ; toute la face était si hideusement convulsée d'une expression de haine si farouche et si bestiale, — que je restai là, immobile, — tout à coup désespéré d'une

immense tristesse. Cette harengère forcenée, au geste ignoble, à la
voix rauque et cassée, était-il possible que ce fût la même femme
pour laquelle je sentais mon premier désir s'incliner, par l'habitude,
à l'affection et presque à l'amour ? J'étais épouvanté, j'eus un moment
l'idée de m'enfuir. Mais la réflexion, une fausse honte et surtout cette
force instinctive du mauvais destin qui vous retient précisément à
prendre la résolution qui pourrait l'arrêter, d'autres considérations
secondaires aperçues en foule, toutes ensemble, dans l'instanta-
néité de la même seconde, — une angoissante curiosité enfin ! sus-
pendirent mon premier mouvement : je restai.

Elle avait deviné mon hésitation. Ses regards aigus, incertains.
anxieux, me guettaient : elle hésitait, elle aussi : — prête, je crois,
à se jeter sur moi si j'avais fait le geste de partir. Je le voyais à l'impatience de ses doigts crispés, au tremblement de tout son corps sur
ses jambes qui flageollaient. — Nous demeurâmes ainsi, un temps
inappréciable, face à face.

— Eh ! bien ! — fit-elle enfin avec une ironie fausse — vous ne
partez pas ?... Ah ! ah ! je vous ai compris, mon bonhomme... Me
prenez-vous pour une imbécile, à la fin... dites, vous vous croyez bien
malin, mais vous vous êtes trompé, mon pauvre vieux, si vous croyez
avoir affaire à une bête... Oui, oui, regardez-moi bien... Mais, voyez-
donc, Madame Volland, fit-elle en se détournant vers la couturière,
cet abruti ! comme il me regarde... Oui ! oui ! vous n'êtes pas assez
malin pour moi, je vous dis... Dès le premier mot, j'ai vu dans votre
jeu... Vous me cherchez chicane, pour me planter là... espèce de
lâche ! sale rastaqouère... Et vous m'avez volé ma clé parce que vous
espériez ne pas me trouver, que je serais sortie avec madame... et,
pendant notre absence, Madame Volland — cet homme que vous
voyez-là, ce vieux chenapan... il faisait ses malles, dare dare... d'ailleurs —et elle courut vers une malle qu'elle ouvrit—ça n'aurait pas
été long : elles sont à peine défaites .. Oh ! c'est un Monsieur pré-
voyant !... puis il filait... et quand Madame Volland rentrait avec cette
idiote d'Adèle, elles ne trouvaient plus personne... L'honnête homme
avait décampé ; et allez le chercher après... en son pays !... Ah ! ah !

ah ! — et elle se renversa en riant d'un rire forcé, nerveux, saccadé et haletant... Ah ! ah ! ah ! son pays... Sait-on seulement où il est, son pays... Sait-on d'où il vient cet homme-là ?... Il se dit du midi — a beau mentir qui vient de loin... quand on est assez infâme pour quitter une femme comme il fait, on est capable de tout... Il n'a même pas donné peut-être son vrai nom ? Il se prétend artiste ? L'avez-vous vu jamais travailler, vous, Madame Volland ! quelquefois, pour m'épater, il a fait semblant de travailler devant moi... Mais je l'observais, sans avoir l'air de rien... Il était là cherchant, gribouillant quelque chose sur du papier, puis il cherchait encore... Je pouffais à voir ces simagrées, car je devinais bien, moi, quoiqu'il me juge une imbécile... Il cherchait à se ressouvenir de choses qu'il avait vues... Car je vous le dis, Madame Volland, il ne sait que copier, cet homme-là !...

Certes, à entendre ces invectives, à voir cette gesticulation d'épileptique, cette figure de folle, parfois je l'avoue, j'eus peine à comprimer une parole ou un geste d'indignation. Je ne me fais pas meilleur ou plutôt autre que je ne suis : je n'ai point le tempérament d'un impassible. Je parvins pourtant à me contenir ; et ce fut sans apparente émotion, sinon un peu de tremblement dans la voix que je lui répondis :

— L'intention que vous me prêtez de vouloir vous quitter était fausse, tout à l'heure : et vous savez parfaitement qu'elle était fausse,

— Ecoutez le menteur, Madame Volland, écoutez-le... il ose dire...

Mais je l'interrompis d'un ton si sec, si résolu qu'elle en fut surprise et se tût.

« Elle était fausse, et vous le savez, insistai-je. Il ne servirait à rien d'ailleurs de discuter : vous n'êtes pas en état de le faire...

— Que dit-il, Madame Volland.... qu'a-t-il dit ? — s'écria-t-elle — Pas en état de le comprendre... Mais alors je suis folle... ou soûle ! .. Mais dites-le donc : mais ayez donc le courage de le dire... canaille que vous êtes.

Et elle m'avait empoigné le bras qu'elle serrait fortement. Je la regardai bien en face, dégageai mon bras et continuai. — « Je n'ai dit ni que vous fussiez folle ni que vous fussiez soûle. La cause de

l'état ou je vous vois m'est indifférente. Je constate cet état, et voilà tout.

— Écoutez ! encore ! — Madame Volland — fit-elle les bras croisés avec une trépidation de pieds sous sa robe… écoutez ! Vous allez voir le monsieur dans tout son beau… Voyons ! voyons ! concluez, monsieur, je vous attends.

— Je conclus, en effet, — repris-je — il était faux que j'eusse l'intention de vous quitter quand j'arrivai : mais il est vrai que je l'ai maintenant — Je pars !

— C'est cela ! c'est cela ! — goguenarda-t-elle avec le même rire rageur et faux — oui, oui, c'est bien cela… et vous partez, quand ?

— Tout de suite, Madame : Madame Volland aura bien la bonté de prier le concierge de venir chercher mes malles.

Elle fit un geste impérieux vers Madame Volland pour la retenir :

— Madame Volland, fit-elle, n'est pas votre domestique : elle est à mon service : non au vôtre : elle ne vous obéira pas… Et vous partirez comme ça ? et vous croyez que je vous laisserai partir comme on sort de chez une fille en laissant cent sous sur la cheminée. Et encore — ajouta-t-elle en affectant de rire après avoir regardé du côté de la cheminée — et encore, les cent sous vous les avez oubliés… Eh bien ! non, mon cher ! je vous préviens qu'on ne me quitte pas comme cela moi !… Ah ! sans doute ! Monsieur en a assez de moi… Il me quitte pour aller coucher avec la maîtresse de Germaine — vous savez Madame Volland — cette vieille femme que je vous ai montrée l'autre fois dans la rue, qui faisait des minauderies en marchant… vêtue comme une jeune fille presque,… et qui ne paraît jeune qu'à des imbéciles comme lui qui ne savent pas distinguer un vrai visage d'un visage peint… après ça il se dit peintre… ça lui plaît, ça… il croit embrasser un tableau… — Pouah ! une femme mariée ! si ce n'est pas honteux !… Mais ça ne dégoûte pas Monsieur, d'avoir le reste des autres… et des autres, ah ! ce qu'il y en a, ma pauvre

Madame Volland…Ce sont des vieilles retraitées comme ça qu'il faut
à Monsieur !

Je fis un pas vers Adèle, si menaçant que, toute interloquée, elle
recula.

— « Eh bien ! quoi ? fit-elle, vous voulez me battre peut-être ?…

— Vous êtes une infâme, éclatai-je, entendez-vous ! Mais je ne
veux pas m'avilir jusqu'à répondre à vos injures par les épithètes
que vous mériteriez : — je vous défends de parler de la maitresse
de Germaine…

J'étais face à face devant elle : la frôlant presque : — ses yeux pa-
pillotèrent : se fermant par brèves palpitations des paupières. Voyant
qu'elle se taisait, je me détournai.

— Mais, reprit-elle alors —s'il est défendu de parler de la maitresse, — la servante, elle, je suppose n'est pas une personne si
sacrée, et vous ne nierez pas que vous ayiez couché avec elle… comme
elle me l'a avoué.

— « Vous mentez, fis-je simplement : Germaine n'a pu vous dire
cela !

— « Eh bien ! vous savez, mon vieux, — fit-elle — allez-y avec
Germaine, et vous verrez comme je vous
traiterai tous deux… Je n'ai pas ma langue dans ma poche et je vous le promets, on s'amusera dans le quartier —
pour sûr ! D'abord, je dirai tout à sa
maîtresse : nous verrons si elle aura le
toupet d'approuver le dévergondage de
sa bonne !… Il est vrai qu'on dit là-
dessus des choses… ah ! des choses…
Mais il faut se taire !… — « et elle ajouta
avec une emphase railleuse — respec-
tons l'amie de Monsieur !… quant à la
bonne vous savez, c'est autre chose.
Vous ne m'empêcherez pas d'en parler
de celle-là !… J'y ai droit… Je la con-

naissais avant vous, pour mon malheur...Si j'avais écouté tout ce qu'elle m'a dit... Je ne l'ai que trop écoutée, un jour au moins, celui où elle vous a présenté à moi... Ah ! oui !... un beau jour et qui comptera dans mon existence... Ah ! qu'elle ne tombe pas sous ma main, votre Germaine... ce n'est pas que je sois jalouse... jalouse de vous ?... Il ne faudrait pas être dégoûtée, vraiment. Allez donc vous frotter aux jupes de votre Germaine... l'odeur de graillon de cuisine, voilà les parfums qui conviennent à Monsieur.— Que voulez-vous, ce brave homme, il aime à être caressé par des mains qui sentent encore le pot de chambre qu'elles viennent de vider... Ah ! le sale individu !... Comment vous êtes encore là... mais fichez-moi le camp... Je ne vous retiens pas... oust ! oust ! déguerpissez !... allons ! allons ! videz moi le plancher !... et plus vite que ça !

Je demeurais stupéfié ; un moment, malgré mes efforts, l'indignation de me voir traiter ainsi, de ses injustices, et des ignobles invectives dont elle les empirait encore, avait failli emporter la résistance de ma volonté et la mettre en déroute, Mais enfin le dégoût avait triomphé, un dégoût découragé, plein d'angoisse et d'amertumes. j'éprouvai un horrible malaise : il me semblait que je mâchais du fiel. Adèle m'avait déjà accoutumé à des scènes d'impatience et de colère : mais elles n'avaient pu me faire présager une telle démence dans les violences et une telle ignominie dans l'invective ! Et tout cela, elle le débitait avec une extraordinaire volubilité, qu'elle semblait hâter, systématiquement, pour ne laisser à aucune réponse ni interruption la possibilité de se produire... Et j'avais l'affreuse et répugnante sensation d'être devant une bouche d'égout qui, tout à coup, vomissait par hoquets continus toutes les ordures dont il était plein.

Aussi son injonction finale me trouva tout prêt à lui obéir. Je saisis vivement mon chapeau sur le lit et me précipitai pour m'en aller.

Mais Madame Volland me barra le chemin vers la porte.

— « De grâce, Monsieur, restez ! faisait-elle... vous voyez bien qu'elle est malade ».

Mon départ inquiétait la pauvre femme : elle sentait bien que ses beaux jours auprès d'Adèle seraient finis du coup. Elle se hasarda donc d'intervenir : mal lui en prit :

— « Voyons Mademoiselle Adèle, dit-elle d'un ton doux et essayant de sourire, voyons ! vous ne dites pas un mot de ce que vous pensez... Non ! non ! elle ne pense pas un mot de ce qu'elle dit... J'en suis témoin moi qui reste toute la journée avec elle... Et vous, Mademoiselle allons ! calmez-vous... Revenez à vous...

Adèle était roide et immobile et nous regardait tous deux maintenant d'un air hébété... Mais tout à coup, elle bondit vers Mme Volland, m'écarta brusquement pour arriver jusqu'à elle et lui saisissant avec violence ces deux mains, le visage si près de celui de Madame Volland que celle-ci, toute pâle, dut reculer la tête.

— « Qu'est-ce que vous dites, vous — lui cria-t-elle en la secouant... de quoi vous mêlez-vous ? de quel droit prenez-vous sa défense... Est-ce que par hasard ?...

Puis, elle lâcha Madame Volland, et nous regardant tous deux l'un après l'autre...

« Est-ce que par hasard, reprit-elle... Eh oui ! c'est cela, imbécile que je suis... Ah ! ah ! ah ! Je comprends tout. C'est un complot... Vous vous êtes entendue avec lui, c'est vous qui lui avez donné la clé, et c'est vous qui m'avez proposé d'aller chercher de l'absinthe— pour qu'il me surprenne... Ah ! oui ! c'est cela ! c'est bien cela ! — Et vous comptiez qu'il me lâcherait pour partir avec vous... gueuse !

— Moi ! moi !... — balbutiait, ahurie et épouvantée, Madame Volland, qu'Adèle avait reprise aux deux poignets, et secouait de nouveau à la faire tomber — Moi !... moi !

— Oui, vous ! — hurlait Adèle... Prenez donc vos airs de Sainte-Nitouche, espèce de traînée !... Ah ! c'est pour cela que vous êtes entrée chez moi !... C'est bien fait pour moi. Je suis trop bonne et trop bête... J'aurais dû vous laisser crever de faim...

— Mais, Mlle Adèle, larmoyait Mme Volland avec des gestes suppliants... Je vous jure...

— Ah ! jurer !... jurer ! — Adèle ne criait plus ; elle vociférait, et j'étais sûr qu'on l'entendait dans toute la maison : des portes s'ouvraient sur les paliers le long de l'escalier, et je devinais des gens aux écoutes...

— Ah! ça! est-ce que vous me croyez assez stupide pour y croire aux serments d'une femme telle que vous, qui me prend mon amant sous mes yeux... Mais allez je suis tranquille! Je serai bien vengée!.. Mais regardez-vous donc à la glace : il en aura bientôt assez de vous... et puis on sait pourquoi votre amant vous a abandonnée.

— Et pourquoi, s'il vous plait, Madame? se rebiffa M^mo Volland.

— On le sait!... On le sait! Ça suffit... Ah! le pauvre homme, il en a dû avoir des agréments avec vous!,.. Il lui a fallu du courage pour y rester si longtemps...

— C'est un courage que vos amants n'ont pas eu, Madame! — lui répliqua M^mo Volland, décidément révoltée...

— Vous dites?... hurla Adèle — qu'est-ce que vous dites, misérable?

— Je dis, répéta M^mo Volland toute redressée contre la menace des yeux et des gestes d'Adèle, je dis que c'est un courage que vos amants n'ont pas eu, car vous n'avez su en garder aucun...

— Mes amants, infâme menteuse... mes amants!... « Adèle râlait; les mots s'étranglaient dans sa gorge; sa respiration sifflait : sa face était d'un rouge presque noir, comme celle d'une apoplectique, avec de livides plaques blanches aux pommettes : ses yeux étaient hagards... elle était hideuse, vraiment. Et je la contemplais avec stupeur.

— Oui, vos amants! insista M^mo Volland. Vous n'avez peut-être pas eu le front de faire croire à Monsieur qu'il était le premier : — Celle-là, il ne l'aurait pas gobée — ni le second, non plus. Mais, pour sûr, vous ne lui aurez pas avoué le numéro qu'il a dans la série...

— Saleté! Saleté! Ignoble saleté! — haletait Adèle : — Et voilà la récompense d'avoir recueilli cette créature... une crève-la-faim dont personne ne voulait, qui n'est bonne à rien... Eh! bien! Monsieur si je vous répétais les conseils qu'elle me donnait... Mais vous étiez d'accord : et vous êtes arrivés à ce que vous vouliez... Ah! oui! vous serez bien ensemble... Mais partez donc! Partez donc tous les

deux... Vous ne comptez pas que je vais vous céder ma chambre et mon lit, peut-être !... Hope ! hope ! là ! il faut décaniller.

Et, me bousculant pour passer, elle alla près de son lit où M^{mo} Volland avait déposé son chapeau et son collet, et elle les jeta à la couturière qui restait là, debout, indécise, ayant rattrapé au vol son manteau qu'elle passa sur un bras et son chapeau qu'elle prit dans une main ; et elle me regardait de l'air désespéré d'un caniche battu qui demande grâce : ses yeux s'emplissaient de larmes qui commençaient à lui couler le long des joues.

— Et maintenant, fit Adèle avec le geste de la pousser vers la porte — dehors, dehors, mendiante suspecte !... Et que je ne vous rencontre jamais, Vous n'aurez pas toujours Monsieur pour vous protéger... Et vous — mon tour revenait — ayez donc le courage de votre infamie.., Suivez-la, votre chérie... Ah ! le beau couple que vous êtes, et bien appariés... J'étais trop honnête femme, trop loyale, trop bonne pour vous ; trop jeune aussi... Madame a tout ce qu'il faut pour un homme comme vous. . les vieux et les vieilles, les coquins et les coquines doivent aller ensemble !

Elle s'attendait à ce que je lui répondisse : je ne lui fis pas ce plaisir, et me contentai de hausser les épaules... D'un bond elle fut près de ma malle, au fond de la pièce : elle en souleva le couvercle, puis se précipita vers son armoire à glace : l'ouvrit violemment, et tira les quelques effets que j'y avais et les jeta dans ma malle, à la volée... — Cependant M^{mo} Volland et moi la regardions silencieusement... Tout à coup elle s'interrompit :

— Vous n'allez pas croire que je vais vous faire votre malle, peut-être ! Eh bien ! Alors ?... Qu'est-ce que vous attendez, là, tous deux... à vous concerter du regard. Vous croyez que je ne vous ai pas vus... Lâches ! vous voulez profiter de ce que vous êtes deux contre moi... Ah ! vous savez ! je n'ai qu'à appeler par la fenêtre. Le concierge sera vite ici.., et vous verrez comme il vous fera descendre l'escalier,

lui ! Vous osez rester là encore... pour me braver n'est-ce pas ?...
Après tout ce que je vous ai dit... Il faut vraiment que vous ayez peu
de cœur !

— Voilà la première parole sensée que vous dites, répondis-je.

— Allons, partons ! fis-je avec quelque impatience à Mᵐᵉ Volland,
dont les mains tremblantes réussissaient mal à mettre son collet et
son chapeau : elle me semblait d'ailleurs exagérer un peu ce tremblement dans l'attente que la colère d'Adèle s'apaiserait.

— Faut-il une glace à Madame ? railla Adèle ! Voyons, Monsieur,
soyez donc galant ! Aidez là, votre belle chérie ! elle est toute émue du
plaisir de partir avec vous...

Enfin, Mᵐᵉ Volland s'achemina vers la porte : elle l'ouvrit : et je la
suivais.

Tout à coup, je sentis Adèle se ruer derrière moi ; elle essayait de
m'écarter encore pour atteindre la couturière ; et déjà elle avait la
main levée. Mᵐᵉ Volland poussa un cri et se précipita à travers l'antichambre, vers la porte de sortie, tandis que, faisant volte-face, je
maintenais Adèle du regard et de l'attitude.

— « Non ! non ! cette vadrouille ne partira pas comme ça... hurlait Adèle se démenant sans oser pourtant entreprendre une lutte
avec moi... Il faut que je la giffle... il faut que je la trousse... Ah !
nous allons rire... Et vlan ! vlan ! vlan ! Ah ! oui, nous allons rire !

Et, faisant toujours face à Adèle qui me poussait, je reculais pas
à pas pour donner à Mᵐᵉ Volland le temps de se sauver. Malheureusement, arrivé à la porte, je heurtai du dos contre le chambranle et
trébuchai. Adèle en profita pour s'élancer : elle attrapa par le bas
de son collet flottant Mᵐᵉ Volland qui venait d'ouvrir la porte et, d'un
effort violent, se dégageait, se jetant, éperdue dans l'escalier, au risque de se rompre le cou, en criant « au secours, à l'assassin ! »

J'arrivais à temps sur le palier pour arrêter Adèle par la taille.

Elle se débattait en m'injuriant. Mais j'avais réussi à tourner la
position ; et debout sur la marche de l'escalier, fortement arrimé
à la rampe, je protégeais la fuite folle de Mᵐᵉ Volland. Et Adèle était
bien obligée de renoncer à la poursuivre.

— « Coquine !... lui criait-elle... Misérable... Saleté ! (C'était l'injure préférée d'Adèle)... Voleuse d'homme... Va ! va ! tu as beau détaler... Je te rattraperai bien un jour... et je te réglerai ton compte... Va, ma petite, tu ne perds rien pour attendre.

Et elle se retourna contre moi. J'avoue que je n'étais pas pressé de descendre : je ne tenais pas à paraître fuir avec Mme Volland, qui ne m'était pas autrement sympathique, et surtout j'avais honte de passer entre les curiosités — que je devinais attroupées au seuil de leurs portes — de la valetaille des grands appartements à gauche et des locataires des petits, à droite.

— « Vous n'allez peut-être pas avoir la lâcheté, et l'infamie de vous sauver avec elle... Vous n'allez pas croire que vous en finirez comme ça... Il me faut des explications !...

— Je veux bien, lui répondis-je : mais j'y mets deux conditions : nous allons rentrer s'il vous plait, et vous ne crierez plus ; à la moindre injure, je vous préviens, au moindre éclat de voix, je pars...

— « Entrez toujours, fit-elle : vous ferez vos conditions, après. Mais vous n'allez pas croire que vous me faites peur, peut-être, avec vos menaces... Vous pouvez bien partir, mon cher !... Vous ne croyez pas que je vais vous retenir par hasard... Vous n'êtes pas si rare — pour qu'on vous regrette, et, puis, vous savez ? un de perdu, dix de retrouvés... Ah ! ce n'est pas moi qui me ferai jamais de bile pour un homme.

Cependant, nous rentrions dans l'appartement ; elle avait refermé violemment la porte derrière nous, et j'étais entré à sa suite dans sa chambre.

Puis elle se mit à arpenter l'étroite pièce, à larges pas ; la tête haute, le cou rigide, les reins cambrés, marchant tout le corps en arrière, appuyée sur ses talons avec de grandes gesticulations de ses deux bras : et, haletante, la voix rauque, qui parfois même n'était plus qu'un râle, elle continuait contre moi toutes les invectivités de son répertoire, qui n'était pas très varié, mais qui était ignoble.

Adossé à la cheminée, je la regardais — et j'attendais :

Enfin, elle vint se poster en arrêt devant moi :

— « Alors, vous ne dites rien ! — fit-elle après un silence, provocant — vous ne trouvez rien à dire !... Vous vous fichez de moi en vous-même ! — Ah ! le tour a été bien joué... hein ? Il faut tout de même que vous soyez un bien grand misérable. Se conduire ainsi avec une femme... une femme comme moi ! Et pour qui ? pour une salaude, toute fripée, toute vieille, toute crasseuse... que j'ai ramassée par pitié... Mais vous êtes donc fou ? Qu'est-ce que vous avez dans les yeux ? Qu'est-ce que vous avez dans la peau ? Vous ne l'avez donc pas regardée. Pouah !... Mais si elle ne m'avait pas trouvée, elle aurait été obligée de faire la retape sur les trottoirs... Et elle serait crevée depuis, tout de même... Car qui en aurait voulu de sa vieille peau fanée.., Il ne se rencontre pas des imbéciles comme vous tous les jours... Vrai! Vous n'êtes pas dégoûté... Me préférer cette femme-là... moi! moi!... moi! — Mais quel infâme êtes-vous donc? C'est de la boue que vous avez dans les veines !

— Vous estimerez, sans doute, — lui dis-je avec le plus grand calme — que j'en ai assez entendu comme cela...

— Mais courez donc... je ne vous retiens pas, je vous dis ! Oh ! vous aurez le temps de la rattraper, allez !... allez donc ! Elle ne se sauve pas bien vite... Je suis sûre qu'elle vous attend à l'angle de la rue.

— « Vous êtes folle ! fis-je en haussant les épaules.

— Eh ! bien !... voyons !... osez donc le dire, là... les yeux dans les yeux... que vous n'avez pas couché avec Mme Volland !

— Je n'ai pas couché avec Mme Volland — accentuai-je en regardant Adèle fixement et n'en ai même jamais eu le moindre désir.

— Oh ! le menteur, s'exclama-t-elle... combien de fois ai-je surpris de gestes entre vous...

— Pourquoi n'en avez-vous rien dit ?

— Pourquoi ! pourquoi !... parce que je suis une imbécile.:. je ne pouvais pas croire... Mais vous ne vous rappelez pas qu'un jour... j'étais descendue pour aller acheter quelque chose ?... Eh bien ! quand je suis remontée.

— Eh bien ! qu'avez-vous vu quand vous êtes remontée?

—Oh! rien! oh! rien du tout... répondit-elle avec une ironie rageuse. Mais ce n'était pas difficile à deviner, d'après votre air à tous deux, ce qui s'était passé... Et puis, vous n'avez pas eu le temps de retaper assez le lit... il y avait encore un creux sur le bord...

C'était elle qui mentait. Elle n'osa soutenir le regard dont je la scrutai, et elle se mit à rougir. Mais, de se voir ainsi découverte, sa colère, qui tout à l'heure commençait à s'apaiser, s'exaspéra à nouveau.

— « D'ailleurs... « déclara-t-elle avec cet élargissement des bras qui était son geste ordinaire, tout cela, c'est des paroles inutiles... Vous partez, n'est-ce pas, c'est bien entendu? — Assez d'explications comme ça! Adieu! bon voyage! et bon vent! Mais vous n'avez pas la prétention de remettre ici les pieds, chez moi. Vous ne pensez pas non plus que je veuille vous voler peut-être... Moi, garder quelque chose de vous?... Ah! ah! ne vous mettez pas ça dans le bourrichon, mon pauvre homme... Rien! rien! pas même le souvenir, si je peux!... Fermez vos malles, vous-même, s'il vous plaît... Vous entendez? — Je vais prier le concierge de les descendre dans sa loge : c'est là que vous les reprendrez.

— Accepté! — dis-je et finissons-en. Seulement, je tiens à vous prouver que je ne vous fais pas l'injure d'aucune défiance... Vous avez un caractère détestable, et vous ne garderez jamais d'amis. Mais c'est tout ce que j'ai à vous reprocher.

Et, tirant de ma poche les clés de mes malles, je les posai sur la table en ajoutant :

— « Voici les clés de mes malles : vous les fermerez vous-même, Je les ferai prendre ce soir chez votre concierge... Adieu.

Et, mettant mon chapeau, je m'acheminai vers la porte.

Je m'attendais à une nouvelle et terrible explosion de fureur. Non! Adèle restait hésitante, mais non calmée: Je le voyais bien à la sourde

trépidation qui agitait tout son corps. — Evidemment, sa violence était en lutte avec sa raison ou, au moins, elle essayait, de réfléchir et de se raisonner : — elle restait immobile, me regardant avec des yeux troubles et vagues, ces yeux de folle qui m'épouvantaient tant en elle.

J'arrivai à la porte et l'ouvris : elle ne bougea ni ne dit rien. Je sortis et refermai la porte derrière moi. Même silence. — Je croyais pouvoir descendre en paix, et, de fait, j'avais déjà dévalé deux ou trois marches, quand, tout à coup la porte se rouvrit, en coup de vent de tempête, et Adèle, jaillissant d'un élan sur le palier, s'écrasait sur la rampe et me montrant le poing...

—Saligaud!... criait-elle... C'est ainsi que vous quittez une femme... une femme comme moi... Vieux rastaquouère... Mais je vous démolirai, vous et elle... non pas madame Volland... Je m'en fiche de celle-là... Mais votre Germaine et sa vieille retraitée de maîtresse... Ah ! ah ! ah !... on rira... Mais ce n'est pas vous qui rirez, vieux gredin !... Allez-y donc les retrouver.., vos p..... !

Je m'étais arrêté : — En entendant insulter ainsi la maîtresse de Germaine, j'avais eu quelque peine à me contenir. J'étais sur le point de répondre à Adèle : mais je songeai aussitôt au scandale d'une discussion dans l'escalier, avec une détraquée qui se grisait d'invectives, et je continuai à descendre. Cependant, elle rentrait dans son appartement en trombe comme elle en était sortie, non sans me lancer une dernière injure si ignoble, et si stupide, que je ne pus m'empêcher d'en rire.

La violence avec laquelle elle avait rejeté sa porte avait ébranlé toute la maison : et je l'entendais dans son appartement, hurler, crier, en se promenant et en bousculant les meubles.

Je me hâtai de descendre de peur que l'envie ne la prit de rouvrir encore sa porte ; comme je m'y attendais bien, je surpris tous les seuils occupés par des domestiques et des locataires qui me regardaient curieusement passer.

Et elles se disaient les unes aux autres, car il n'y avait là que des femmes.

— « C'est encore celle du cinquième !... Oh ! là là ! Mais on en enferme qui sont moins folles que ça !...

— Folle, elle... Ah bien ! oui... répondait une autre... dites qu'elle est méchante... Et puis, dame !... elle boit, cette fille-là...

— Pas étonnant — ripostait une troisième, exprès pour moi, sans doute... pas étonnant qu'elle change d'amant comme de chemise... Le moyen de vivre avec une harpie pareille...

— Elle aurait besoin — ajoutait une autre — de rencontrer un homme qui la batte comme plâtre... on ne la calmera qu'à force de coups... Et ça lui arrivera... Ce n'est pas une femme : c'est un chien enragé !

Naturellement, je passais sans faire semblant d'entendre.

Mais, au premier, — la porte de la cuisine du grand appartement, était ouverte ; dans la baie, forte et ample en un peignoir bleu et gris, tout recouvert de dentelles blanches bouffetées çà et là d'un nœud de rubans-cerise, une femme, aux cheveux d'un roux ardent et surnaturel, attendait.

C'était Mme Flora.

Je compris bien, de suite, que c'était moi qu'elle attendait.

En effet, au moment où je descendais les dernières marches de son étage, elle s'avança vers moi majestueusement...

— « Pardon... Monsieur, me fit-elle... Je n'ai pas l'honneur de votre connaissance... Mais je vous ai vu avec Adèle... Que se passe-t-il... Encore un accès de folie... Ah ! la malheureuse !... Je vous serais fort obligé, Monsieur, d'entrer un moment — pour causer d'elle... »

Je ne trouvai aucun prétexte plausible pour refuser. J'entrai donc.

Elle me fit traverser sa cuisine, où se trouvait une bonne qui, tout en feignant d'être occupée à ses fourneaux, m'observait singulièrement, avec un malin sourire aux lèvres

— Permettez-moi, Monsieur, me disait Madame Flora avec un air cérémonieux de grande dame, de passer devant vous pour vous montrer le chemin.

Mais, en passant, elle s'arrêta pour attraper sa bonne :

« Qu'est-ce que vous faites là à fourgonner ce fourneau.,: depuis une heure ?... Que vous êtes empotée, ma pauvre fille... et vous avez eu le toupet de vous présenter à moi comme cuisinière... Comprenez-vous, Monsieur ? Qu'on ose se donner pour ce qu'on ne sait pas faire... Mais ces gens-là pourvu que ça mange bien, que ça boive bien, que ça soit bien logé... Ça se fiche du reste... Et je lui donne quarante francs, Monsieur... Mais, vous savez, ma fille... je paie bien : j'entends être bien servie... Sinon, vous ne moisirez pas chez moi. C'est moi qui vous le dis... »

Et tout cela dit d'un ton impérieux, avec un air, un port et des gestes de reine — de théâtre forain. Evidemment la belle dame Flora voulait m'éblouir par ses attitudes ! Elle n'était pas, elle, une petite ouvrière comme... Adèle ! Elle savait commander et elle avait de l'argent.

Je la suivis humblement ; elle me précédait, la tête haute, les bras ballants, avec le puissant roulis de son buste opulent sur ses hanches grasses et lourdes.

La pièce où Mme Flora me fit entrer était sa salle à manger : c'était
une pièce assez obscure et que son ameublement en vieux chêne
ou imitation, avec les épais rideaux damassés de ses fenêtres, et le
papier de ses murailles qui imitait le cuir de Cordoue, assombris-
saient encore. Elle n'était égayée de ci de là que par des chromolitho-
graphies criardes, qui représentaient des nudités et des déshabillés
de femme, en diverses postures plus ou moins galantes et en des
scènes qui l'étaient encore plus.

Au milieu, une table de chêne — aussi naturellement, — et tout
autour de la pièce des chaises-fauteuils à haut dossier, en velours
vert sombre.

« Vous m'excuserez, Monsieur, me fit-elle, de vous recevoir en cette pièce. Les autres ne sont pas encore faites. Avec cette andouille de bonne, — on n'en finit jamais... Mais je la mettrai à la porte... Je suis décidée à n'en pas garder une, jusqu'à ce que je sois servie... à mon gré, dussé-je user tous les bureaux de placement de Paris. Mais je ne veux décidément plus de bretonnes... elles sont toutes sales, et elles boivent... ni d'alsaciennes..., elles sont molles, menteuses et p...... ni de méridionales, elles sont trop raisonneuses et trop insolentes... Je suis décidée à en faire venir de l'étranger, s'il le faut.

Et il fallait voir de quel ton Mme Flora prononçait et de quels gestes elle appuyait ce mot *décidée*, qu'elle paraissait affectionner. Tout en parlant, d'ailleurs, elle me tendait un fauteuil et s'asseyait elle-même en face de moi, près de la table sur laquelle elle appuyait son bras nu : car elle avait, à son peignoir, des espèces de manches à la juive.

— Alors, mon pauvre monsieur — commença-t-elle — Adèle vous a cherché querelle ?... C'est toujours la même chose... et avec tout le monde,... remarquez !... Avec moi-même... Combien de fois ne sommes-nous pas restées brouillées... des semaines... Je le lui ai dit comme je vous le dis... elle n'arrivera jamais à rien !...

Il y eut une pause ; elle reprit :

« Et à cause de Madame Volland, tout cela... Vous m'avouerez qu'elle est ridicule...

Je fus étonné de la trouver au courant des motifs de notre querelle. Elle s'en aperçut sans doute à ma physionomie, car elle ajouta, en riant :

« Vous êtes surpris que je sache cela... Je sais tout... Cette maison est de verre.., on s'entend respirer de la cave au grenier !..» Alors, c'est fini ?...Vous n'emmenez pas Adèle ?

Je me tenais sur la réserve, méfiant.

« Mon Dieu, Madame, — répliquai-je — Adèle m'a mis à la porte, et...

Elle m'interrompit vivement :

— Oh ! Monsieur, je ne vous blâme pas... Adèle a un caractère impossible... impossible !... C'est fort heureux pour vous que vous ne

l'emmeniez pas... Adèle vivre en province !... A la campagne même
— n'est-ce pas, Monsieur !

— C'est-à-dire, répliquai-je, dans un village à dix minutes de la
ville...

— Mais un village ! insista-t-elle,.. et la ville ?.. Ajouta-t-elle avec
un dédain peu dissimulé, — une ville de province... Ce n'est pas
pour mépriser votre pays, au moins, Monsieur... Mais, pour les
femmes, voyez-vous, il n'y a qu'une ville, c'est Paris !.. Adèle vous
aurait suivi par curiosité ! Mais elle en aurait eu bientôt assez !..
Et elle vous en aurait fait, des scènes !... Celle d'aujourd'hui serait
de la Saint-Jean à côté !... Ah ! oui, c'est heureux pour vous et pour
elle aussi, que vous ne l'emmeniez pas ..

— Je pensais, au contraire, qu'une vie plus calme, que celle de
Paris... et un autre milieu, pourraient avoir une bonne influence sur
son caractère...

Elle se récria :

— « Elle, c'est une indomptable :... rien n'y fera.,. Je la connais ..
Je l'aime malgré tout... Mais c'est une nature ingrate qui n'a de
cœur pour rien ni pour personne... et si ombrageuse qu'elle prend à
rebours tous les conseils... et vous en veut même du bien qu'on lui
fait... J'ai été une mère pour elle, Monsieur !.. Comment m'en a-t-elle
récompensée ? Au fond, elle me jalouse et me déteste. Je le sens...
J'en suis sûre... Elle a dû vous dire que je lui avais déconseillé de
vivre avec vous !

— « Oui, Madame, en effet : elle me l'a dit, — confirmai-je en
souriant.

— Eh ! bien ! c'est vrai !... et quand vous connaîtrez ma raison,
Monsieur, vous m'approuverez...

Elle sembla se recueillir un moment, et reprit :

— « Adèle a trop mauvais caractère pour vivre avec un homme : elle
ne peut pas garder un amant... Absolument pas... Et vous m'avouerez que pour une femme comme elle qui, sans être jolie, est plutôt
bien que mal, ce n'est pas une vie de rester demoiselle de magasin...
C'est très beau, la vertu, dans les livres. Mais il est absolument bête

de souffrir toute sa vie quand on peut faire autrement... Adèle serait
une très chique maîtresse . pour des amants de passage... Quand elle

est de bonne humeur, elle est charmante... Et puis, je ne sais pourquoi, à première vue, comme ça, tous les hommes la désirent...J'en

ai connu qui auraient presque fait des folies pour l'avoir... Vous
voyez que je lui rends justice... Mais, si elle a quelque chose qui
attire, elle ne sait pas retenir... rapport à son caractère, sans doute,
mais il y autre chose... quoi ? je ne me l'explique pas... Vous pourriez me renseigner, mais je n'ai pas l'indiscrétion de vous le demander.

— Je vous renseignerais fort mal, Madame, répliquai-je. Je n'ai à
me plaindre que de son caractère.

— Vraiment ?.. fit-elle, m'effleurant d'un rapide regard... J'aurais
cru... on m'avait dit... hésita-t-elle... Je... la supposais un peu égoïste
en amour...

Et comme je l'interrogeais du regard feignant de ne pas comprendre.

— « Allons !.. monsieur ! — reprit-elle en riant — Ne faites pas
l'innocent... Vous comprenez très bien ce que je veux dire. Mais je
ne veux pas forcer vos confidences... surtout sur ce chapitre... Je
reviens à ce que je disais... Ne voulant pas et ne pouvant rester ouvrière ; ne sachant pas retenir un amant, il ne lui reste qu'une chose
à faire... que voulez-vous ?.. D'autres le font bien, — qui la valent !..
Et, après tout, elle ne doit compte d'elle-même à personne... elle
est libre !

— Cette fois, j'entends — répliquai-je — Madame, Vous l'enga-
geriez à ne s'attacher à personne...

— Ah ! pour ça, oui !.. C'est une bêtise pour une femme de s'attacher à quelqu'un. On est toujours dupe à ce jeu-là !

— Et — continuai-je — de prendre les amants
qui s'offriraient... au passage, comme vous dites.

— Parfaitement ! — affirma-t-elle — Et c'est
un sage conseil, un conseil d'amie... Je dirais
même, un conseil de mère — que je lui donne,
là — ! Avec un peu d'habileté, d'ordre, elle ferait
bien ses affaires... Je lui avais trouvé, moi-même,
d'excellentes occasions,.. Nous aurions pu nous
entendre toutes deux... Elle n'a jamais voulu.

11

Elle m'a toujours répondu que cette vie lui répugnait... Je vous demande un peu !.. Combien de fois, nous nous sommes fâchées, à ce propos... Une seule fois, elle a consenti à venir avec moi au Jardin de Paris... Ce que nous y avons eu de succès, elle et moi... Beaucoup de gens très chics nous avaient fait des offres... Mais, dans le tas, j'en avais remarqué deux. Je les connaissais... C'étaient un prince, prince authentique, en bordée, à Paris : celui qui l'accompagnait était un personnage très coté, qui est en train de manger avec les femmes les millions d'un héritage qu'il vient de faire.

— « Ma petite, avais-je dit à Adèle, tenons-nous à ces deux-là : laisse-toi guider par moi ». Elle n'avait dit ni oui, ni non : pourtant, elle avait obéi, non sans rechigner un peu.

« Les deux hommes nous offrent à souper... J'accepte pour elle et pour moi. Nous sortons : ils hêlent une voiture. Je vois mon Adèle qui commence à prendre sa figure des mauvaises heures... Tout de même, je la pousse en voiture : tant bien que mal elle s'installe au fond... moi, à côté d'elle. J'avais devant moi, le compagnon du prince : elle avait le prince lui-même : « Fouette, cocher !... Nous dérapons... Ça va bien d'abord.

« Mais dame ! le prince commence à prendre certaines privautés !..

« Eh bien ! que croyez-vous que fit mon Adèle : — « Fichez-moi la paix... vous m'agacez, lui fait-elle. Il croit qu'elle plaisante et continue... « Je vous dis de finir, entendez-vous... « Et voilà tout à coup qu'elle lui donne une poussée, le traite de mufle... Oui, monsieur, de mufle !... baisse la glace de la portière ; et, comme justement la voiture se trouvait arrêtée dans un encombrement, elle saute dehors... repousse la portière, et la voilà qui se sauve en courant, comme une folle, avec de grands gestes de bras, au risque de se faire écraser à travers les voitures... Que voulez-vous attendre d'un caractère comme ça !... Le lendemain, naturellement, grande scène entre nous... Nous en restâmes brouillées, un mois !

« Ceci se passait quelques jours avant qu'elle ne vous connût. Vous comprenez maintenant, Monsieur, pourquoi j'ai été... un peu

froissée quand elle vint m'apprendre qu'elle était avec vous…
Vous êtes, je n'en disconviens pas, Monsieur, un très galant homme :
on dit que vous avez du talent, car je me suis informée. — Mais, après
tout, vous êtes trop raisonnable pour vous blesser de ce que je vais
dire ; après tout, un artiste n'est pas un prince Et c'était un prince
royal, Monsieur ! — Je lui dis donc : « Encore une bêtise, ma chère !
Voyons, raisonnons — que j'ai ajouté : — l'aimes-tu ? C'est de vous
que je parlais…

— J'entends bien, Madame, répliquai-je.

— Il ne me déplait pas, répondit-elle. — Est-il riche ? lui demandai-je… Pardon, au moins, Monsieur ! Je vous rapporte notre conversation en toute sincérité.

— Je vous remercie, Madame, fis-je avec une courtoisie exagérée
dont elle ne saisit pas l'ironie.

Elle continua :

— « Dame ! me répondit-elle : je ne sais pas… riche ! riche ! non
sans doute. Mais il fait bien les choses.

— « Et crois-tu, lui ripostai-je, que le prince, avec lequel tu t'es
conduite comme une petite fille mal élevée, ne les aurait pas mieux
faites, les choses…

— « Ah ! ton prince ! s'écria-t-elle : il se serait amusé de moi une
nuit ; peut-être serait-il revenu une ou deux fois… Non ! non ! ça
non jamais. Je ne ferai jamais cela. C'est un métier qui me dégoûte…

« — Ça me fit monter la moutarde au nez, vous comprenez, Monsieur !… Tu es polie, ma fille ! lui répliquai-je. Tu sais bien qué ce
métier est le mien : il te dégoûte ? J'y ramasse plus de galette que
toi, en tout cas, avec tes caprices… Et rappelle-toi bien de ce que je
te dis. Je finirai — quand je voudrai finir — par accrocher un jour
au passage quelque bénet ou quelque toqué, qui fera de moi sa maîtresse en titre et qui sait ? peut-être sa femme… Les cartes m'ont
toujours prédit que je mourrais d'une mort violente, mais dans la
peau d'une grande dame… « C'est vrai, Monsieur, s'interrompit-
elle : les cartes m'ont toujours prédit cela… » tandis que, toi, continuai-je, tu crèveras sous des combles sur un lit de sangle ou à

l'hôpital... Alors, puisque tu ne veux pas avoir un amant d'un jour, c'est une liaison sérieuse, et j'appuyais sur le mot tant que je pouvais, que tu espères avec ton... provincial... Pardon encore une fois, Monsieur !

— « Je ne sais pas ce que tu appelles une liaison sérieuse, me répondit-elle : en tout cas il est convenu qu'il va quitter son hôtel et venir vivre avec moi pendant le temps qu'il résidera à Paris.

— « Tu vas faire ça... et j'en suffoquais, Monsieur !... Et puis quand il repartira pour sa province, il te lâchera avec pour tout cadeau, un beau merci et un au revoir... — Non, car je partirai peut-être avec lui... » Alors, Monsieur, je n'y tins plus ; mais, pour ne pas montrer ma colère, j'éclatai de rire ! « Charmant! parfait ! poétique !... tu iras filer le parfait amour aux champs... Eh bien ! ma fille, tu n'es qu'une sotte ; et tu ne mérites pas que je m'intéresse à toi... Ecoute ce que je prédis : vous n'aurez pas vécu plusieurs jours ensemble que tu le lâcheras ou qu'il te lâchera... Et tu seras aussi avancée qu'avant, sinon que tu auras gâché encore un peu plus de ta vie...

« Tiens, non !... je t'en dirais trop... tu es trop bête... je ne ferai jamais rien de toi... Tu n'es qu'une ingrate qui ne sais pas reconnaître l'affection que j'ai pour toi... Adieu ! » Et nous nous quittâmes ainsi.

« Depuis je ne l'ai plus revue. Elle n'a pas remis les pieds chez moi. Oh ! elle va venir : et je lui dirai. C'est bien fait, ma fille, je te l'avais dit... Car vous avouerez, Monsieur — et elle se planta devant moi en une attitude triomphale — j'ai été bonne prophétesse! Ça c'est passé tout comme je le lui avais annoncé ! — Et maintenant, Monsieur, vous la connaissez. C'est une fille qui n'arrivera jamais à rien... Et il est heureux que l'aventure finisse maintenant... Si elle vous avait suivi, là-bas, la rupture aurait eu lieu tout de même, et d'une façon plus ennuyeuse. . car quand on est chez soi, en province, on n'aime pas les scandales. Et quand elle vous aurait eu quitté, que serait-elle devenue ?... La province est impossible à une femme, sinon dans quelques grandes villes, mais jugez si avec « ses goûts » et son caractère Adèle saurait s'y débrouiller... Avec ça, elle est pleine de mauvais orgueil... Elle aurait eu honte de m'avouer la chose... Et je n'aurais plus pu veiller sur elle, la conseiller, la remettre dans le bon chemin, comme je vais essayer de le faire... Car je l'aime, Monsieur, comme une sœur cadette que j'aurais. Et je veux qu'elle soit heureuse — malgré elle !

« Si donc, Monsieur, vous lui conservez tout de même quelque intérêt, soyez tranquille. . Je suis là !... Avez-vous quelque chose à lui faire dire ? quelque commission à lui faire ?... comptez sur moi !... Je suis toute à votre disposition. Car, sûrement, elle va descendre : me raconter tout. Fiez-vous à moi pour la conseiller et la raisonner ! »

Madame Flora s'était rassise. Son offre m'était obligeante en ceci que, me fournissant un prétexte à réfléchir, elle me laissait quelque loisir pour me définir à moi-même l'impression que me laissait son long couplet. — Et cette impression était sans doute, bien différente de celle qu'elle en espérait : car c'était celle d'une immense pitié.

Adèle était donc bien réellement une honnête fille... les confidences de Madame Flora en témoignaient assez : et c'était précisément cette honnêteté qu'elle lui reprochait le plus.

Quant à la vie d'Adèle avant que je la connusse, ces confidences ne m'apprenaient rien que je ne susse. Adèle n'avait pas joué avec moi la comédie de l'innocence. Elle ne s'était pas donnée comme neuve, et je ne me suis jamais senti avec une femme la curiosité maladive et perverse de son passé. Sous ce rapport, je suis partisan de l'absolue égalité des sexes. Nous n'avons pas le droit de reprocher à la femme de ne pas nous apporter ce que nous ne lui apportons pas nous-mêmes.

— Une fois que je l'aurai abandonné, — me disais-je — que deviendra-t-elle avec une conseillère comme celle-là ? Madame Flora ne prend pas la peine de dissimuler la joie que lui cause mon départ. Elle espère bien en profiter pour catéchiser Adèle. Adèle est une impulsive ; partant, à la fois violente et faible. Elle n'a de volonté que pour ses caprices du moment ; et s'irrite s'ils ne sont aussitôt réalisés que conçus. Elle exigerait même qu'on les devinât, pour lui épargner l'embarras de les formuler. Car, orgueilleuse, elle ne sait pas demander : elle ordonne. J'en ai fait plus d'une fois l'expérience, croyant, sans doute aussi, obtenir plus par la menace que par la demande. Je ne me rappelle pas qu'une seule fois elle ait exprimé gentiment un désir ; elle commençait par bouder, se montrer nerveuse et irritée : et lorsque je lui en demandais les motifs : « il n'y a pas une femme à Paris — criait-elle — qui n'ait vu cela... » ou bien, s'il s'agissait d'un objet de toilette : — « Je n'ai même pas cela à me mettre... C'est malheureux, cela !.., Ah ! je puis le dire que j'en ai des distractions avec vous ! »

La plupart du temps, pour avoir la paix, je cédais : et j'ai eu tort. Je l'ai habituée à tout exiger : et la façon, dont elle en a abusé, me prouve bien qu'elle a peu d'affection pour moi. Je la crois d'ailleurs, incapable d'aucune tendresse. Ce serait un malheur irréparable, surtout pour un artiste, contraint à la production et au travail incessants, de s'attacher à une femme comme Adèle Je ne trouverais jamais en elle l'aide dont j'aurais besoin, l'amie attentive qui ferait autour de moi l'atmosphère de tranquillité et de paix dont tout artiste a besoin pour y épanouir à l'aise ses idées et son œuvre. — Il ne faut donc pas songer à revenir sur la rupture qui vient de se produire. C'est mon bon destin qui est intervenu à temps !...

Je me raisonnais ainsi, par provision pour ainsi dire, afin de me défendre contre la pitié que j'éprouvais pour Adèle, et où je craignais de trouver, à l'analyse, un autre sentiment. Je la prévoyais sans défense contre Flora : pauvre intelligence sans le lest d'aucune éducation, désœuvrée et n'ayant de goût à rien qui pût la tirer même un moment de soi-même, elle était incapable de se contraindre à une pensée, à une réflexion : encore moins de prendre une détermination et de s'y arrêter. Elle n'a aucune curiosité, sinon cette curiosité oisive et banale de la parisienne pour qui la journée est inemployée, si elle ne l'a passée à badauder devant les étalages des boutiques ou à flâner, pendant des heures, dans des grands bazars... C'est là que s'attisent les curiosités, se surexcitent et s'exaspèrent les tentations... Pauvre Adèle ! quelle force aura-t-elle contre celles-ci ? Sans le secours d'une

affection qui la soutienne ou la retienne ? L'obsesseuse est là qui la
guette ! La chute est inévitable. L'honnêteté d'Adèle n'est qu'une
honnêteté instinctive ; sans discipline : sa conscience n'est en quelque
sorte qu'une nébuleuse, où s'estompe à peine la notion du bien et
du mal ; — elle ignore l'impérieux devoir... elle est perdue !

Tout en songeant ainsi, je sentais sur moi la curiosité attentive et
un peu inquiète de Madame Flora. Je ne la regardais pas — et pourtant, par un phénomène qui n'est pas rare, je la voyais ! Et elle m'é-
pouvantait vraiment avec sa face plate, son front large, carré, brutal
— un front de bête ! — son nez évasé, presque kalmouk ; ses lèvres
gonflées et fripées, ses lourdes maxillaires, son regard, dur, froid,
orgueilleux et astucieux tout ensemble... et, autour de tout cela, le
halo de sa chevelure rousse invraisemblable ! C'était le mensonge
arboré en une sorte d'étendard, que cette chevelure ! Il dénonçait
toute la femme : il complétait l'expression de fauve à l'affût qui se
dégageait violemment de tous les heurts de ce visage... Ah ! Flora
était bien la fille de proie, la femelle rusée et cruelle qui, sans répit,
sans pitié, vague à la chasse au mâle... Non, en assouvissable pour
la joie excusable de sa chair. Non ! Flora n'avait, certes, qu'un désir,
et elle ne se permettait pas la moindre surprise des sens qui pût
l'en distraire — l'argent. Et je me faisais la psychologie de cette
femme en qui je devinais l'ennemie qui m'épiait.— J'étais aussi sûr de
sa haine pour moi que de ma propre répulsion pour elle... De pauvres
filles contraintes à ce métier ou qui y ont été jetées par les malechan-
ceux hasards de leur vie, finissent sans doute par s'y faire, passive-
ment. Mais elles ne sont pas arrivées à cette résignation désespérée
sans des crises de dégoût, sans des accès de révolte — qui sont leur
rachat. Flora n'avait rien dû connaître de ces crises ni de ces accès.
Elle se sentait, à l'aise ; elle était heureuse, et orgueilleuse, elle triom-
phait de sa prostitution ! Elle n'y avait pas été condamnée comme les
autres : elle l'avait choisie elle-même, délibérément, comme on
choisit une carrière. Et elle y avait réussi ! — En ce monde stupide
des fêtards et des snobs de la mode et de la noce, elle était fort
recherchée, et très cotée... Je ne m'expliquais guère pourquoi.

Cette chair banale ne m'offrait aucune
tentation ; et, m'en eut-elle offert, il me
semble que l'horreur que j'éprouvais
pour l'espèce d'âme carnassière qu'il y
avait dedans, eut été plus forte.

Sans amant en titre elle était librement à qui la marchandait. Adèle m'avait
raconté que Flora ne se souvenait pas
s'être jamais donnée gratuitement ; au
début de sa vie, pourtant, elle avait eu
ce qu'on appelle « un collage » elle s'en
était affranchie après une grossesse qui
— heureusement — aboutit bien ; l'enfant mourut en naissant... quel encombrement eut été un gosse en cette vie-là !

Maintenant, âgée d'une dizaine d'années de plus qu'Adèle, l'idée
lui était venue de se l'associer. Cette jeunesse « encore neuve » ou
presque, et qu'elle achèverait de former, lui serait, en même temps,
une compagne et une amorce. — De là, sa peur qu'Adèle s'attachât
à quelqu'un : et la joie avouée de notre rupture...

Adèle était seule maintenant, — elle l'aurait.

Et j'en étais bien sûr qu'elle l'aurait :

Quant à Adèle, certes, le « métier » ne lui profiterait jamais comme
à son amie : elle n'en avait ni le tempérament physique ni le tempérament moral. Il lui manquait les deux qualités essentielles — la rapa-
cité et l'ordre. D'une irréflexion, incapable du moindre dessein, désœuvrée et avide de distractions, elle était toute à l'impression de l'heure,
de l'instant... Impatiente à satisfaire les fantaisies d'aujourd'hui, im-
prévoyante et insoucieuse du lendemain, elle n'avait pas de désirs à
longue portée ; elle n'avait que des caprices presque instantanés, et
qui, contrariés, tournaient en fureurs... Flora tout au contraire,
dominait sa vie, se dominait elle-même par une passion maîtresse à
laquelle elle sacrifiait tout ; — la plus vile, la plus ignominieuse, celle
qui est la conseillère et l'incitatrice des pires scélératesses, la passion

de l'argent,.. Elle voulait être riche... Or une passion est une force. Adèle n'avait que des faiblesses.

Qu'il lui manquât le bras ami qui soutient, elle ne tarderait pas à perdre pied et à glisser en ce marais de boue puante et gluante, où, la main tendue pour l'y attirer Flora l'appelait... Mais une fois au large, Flora, toute préoccupée de gagner l'autre bord, se soucirait bien d'Adèle : elle lui aurait vite lâché la main, ne se retournant même pas pour la plaindre : pourvu qu'elle traversât, elle, et qu'elle en sortit, de l'infâme marécage ! Souillée, sans doute, qu'importe ? pire, certes, mille fois que la pauvre disparue, — sans doute, encore... Mais sauve et toujours fière et dominatrice, puisqu'elle aurait de l'argent.

Et je me le répétais : oui, Adèle n'a que des faiblesses et hélas ! la plus redoutable de toutes...

Dès le premier repas que nous avions fait ensemble, Adèle et moi, j'avais remarqué qu'elle n'avait pas un goût assez modéré pour la boisson... J'étais peut-être moins surpris de ses rasades abondantes et fréquentes que de sa mine de jouisseuse béate, quand elle buvait. La tête renversée, le verre aux lèvres — avec ses narines gonflées de joie, ses yeux mi-clos de chatte qui ronronne, et une main appuyée

dévotement au creux de l'estomac, elle semblait une sainte en extase ! Et, depuis, j'avais eu plus d'une occasion de constater cette inquiétante disposition d'Adèle. La dernière scène, qui venait de nous brouiller, ne me laissait aucun doute... Certes, cette disposition pouvait encore être combattue ! un changement d'air, de milieu, des occupations, du mouvement, la patiente vigilance d'un ami à la préserver de la tentation... l'atténueraient petit à petit et finiraient par en triompher. Un moment j'aurais rêvé d'être cet ami : mais maintenant...

12

Que cette disposition s'invétérât en habitude, Adèle était perdue.

Le nervosisme maladif, qu'elle tenait peut-être comme cette disposition elle-même, de quelque ascendant alcoolique, s'exaspérerait en crises d'une fréquence de plus en plus violentes. La déséquilibrée, qu'elle était déjà pendant ces crises, serait bientôt une détraquée, et la détraquée deviendrait une folle ou une idiote... Les désœuvrements, les surmenages, les surexcitations de toutes sortes, les déceptions, les rivalités de la vie de hasard qu'elle allait vivre, achèveraient vite de démolir un organisme affaibli et faussé, dont le grand ressort — la volonté — serait déjà brisée... en quels bas fonds de misère et de honte Adèle serait peut-être précipitée un jour !

Cette pensée me saisit à la gorge, et je sentis des larmes me monter aux yeux... Instinctivement, je les fermai pour que mon émotion ne fut pas surprise par l'autre — qui m'observait toujours... Ce ne fut qu'une brève jonction des cils ! pourtant en cette brève seconde, toute ma prunelle s'emplit d'une vision instantanée — si intense qu'il me semblait que ma prunelle se dilatait douloureusement pour la contenir. — Si pressée, si vivante que je me demandais si, vraiment, ce que je voyais se passait bien là sous mes paupières... Si ce n'était pas une réalité à laquelle j'assistais, si je n'avais pas inconsciemment, les yeux ouverts...

C'était une petite et misérable chambre d'hôtel : — au milieu sur le marbre d'un guéridon, une lampe de verre, à pétrole, éclairait de sa lueur fumeuse et trouble une bouteille presque vide, et, près de la bouteille, une tête de femme enfouie — échevelée — entre ses deux bras repliés l'un sur l'autre... Tassé sur un fauteuil dont le dossier touchait presque au bord de la table, le reste de son corps, en cette pénombre où tremblait, comme une sanie qui coulerait, la lumière roussâtre de la lampe, apparaissait confusément, dans le débraillement du corsage qui décelait des pâleurs mates de chair nue sous la chemise ouverte : dans l'affalement de la jupe délacée qui, ayant lâché les hanches, s'était amassée en gros plis sur les genoux croisés, — relevée au-dessus des jambes nues le long desquelles des bas noirs, délivrés de leurs jarretières, avaient glissé sur les bottines déboutonnées et boueuses. Et derrière cette femme, au fond de la pièce, le peu de clarté sombre qui pénétrait par l'ouverture des rideaux à demi tirés, dénonçait un lit en fouillis dont les draps défaits traînaient à terre.

D'un mouvement lent — de bête assommée qui se réveille — la femme releva la tête et se tourna vers moi... Ah ! je l'avais deviné : C'était Adèle !... Adèle la face figée en un tel hébètement qu'elle semblait un masque que l'ont eut posé sur son vrai visage... mais non l'hébètement morne et résigné de l'animal, à bout de force... non : — un hébètement, convulsé d'un atroce et stupide désespoir... Les paupières lourdes sur les yeux morts, laissaient suinter à peine un filet trouble de regard... qui, d'abord, erra, indécis, puis peu à peu s'immobilisa... Elle m'avait vu : elle me reconnaissait... Tout à coup sa paupière se souleva... le regard grandit, effaré, et se fixa sur moi : — Et il y avait en ce regard tant de haine et, à la fois, tant de reproche que j'en fus transi et épouvanté...

Puis, aussitôt, il s'éteignit de nouveau... les paupières se ressillèrent, et d'un mouvement brusque la tête retomba, échevelée sur les bras repliés.

D'horreur... je rouvris les yeux... La vue de Flora toujours devant moi à m'observer, me rappela vite au sentiment de la réalité, que j'avais perdu... Il y avait maintenant dans la curiosité avec laquelle elle continuait à me considérer, de l'étonnement avec une pointe d'inquiétude...

— Eh ! eh ! Monsieur ! me dit-elle et sa voix où perçait un peu d'ironie acheva de me rendre à moi-même... Eh ! eh ! Monsieur... Vous songez beaucoup... Je crains bien... pour vous... que vous ne soyiez pas bien sûr de vos résolutions. Ah ! Ah!. et la voix devint franchement gouailleuse... Seriez-vous pris sérieusement... Sérieusement, seriez-vous amoureux d'Adèle ?

J'étais devant l'ennemie : il fallait me posséder.

— Amoureux ?.. répondis-je et je mis dans mon sourire plus d'assurance que je n'en avais... Non... je ne crois pas, mais j'avoue que j'ai quelque pitié... Je plains sincèrement Adèle.

Flora prit une mine stupéfaite.

— La plaindre ? . et pourquoi ? se récriât-elle... Mais elle sera bien plus heureuse comme cela... Je la connais... et je vous le jure, oui, elle sera plus heureuse... Ne vous y trompez pas. Adèle ne vous aime pas : elle n'aimera jamais personne... et c'est ce qui peut arriver de mieux aux femmes comme nous... Partez, partez, mon cher Monsieur !.. sans regarder derrière vous... Ne pensez plus à elle, ou, plutôt, n'y pensez pas trop.... Si, dans un an, dans deux ans, vous revenez à Paris... vous la retrouverez, votre Adèle !.. Vous verrez ce que j'en aurai fait !.. Vous ne la reconnaîtrez plus... Ce sera une femme chic qui mènera la vie à grandes guides... Et, comme elle n'est pas mauvaise fille, elle ne vous aura pas oublié... Vous aurez encore avec elles de bons moments... meilleur, que ceux que vous venez de passer ; elle se sera civilisée... Vous êtes bien décidé à partir, n'est-ce pas ?

Je m'étais levé : elle me tendait la main : j'avais hâte maintenant de finir cette entretien, j'acceptai la main tendue ; et, m'inclinant...

— Soyez tranquille, Madame, lui répondis-je : je suis irrévocablement décidé.

— A la bonne heure ! — approuva-t-elle allègrement — il le faut pour elle et surtout pour vous !.. Sait-elle par quel train vous partez ?

— Elle le sait.

Une inquiétude rembrunit le visage de Mme Flora.

— Bah ! fit-elle, après un peu de réflexion, rassurée... Je l'empêcherai bien de faire quelque sottise.., Partez, partez, monsieur, et dites-vous : Je l'ai échappé belle !

J'allais reprendre, pour sortir, le même chemin par où j'étais entré.

— Non ! non ! fit-elle en m'arrêtant du geste.. non, pas par ici. Par le grand escalier !.. d'abord, c'est plus convenable... Puis, à cause d'elle... Vous pourriez la rencontrer .. Car elle va descendre, pour sûr... Je suis même étonnée qu'elle ne soit déjà là... à moins qu'elle n'attende que vous soyez parti... »

Et, tout en parlant, elle m'accompagna jusqu'à la porte de sortie,
me donna une dernière poignée de main et, avec un grand air cérémonieux.

— A revoir, Monsieur ! — me fit-elle — Très honorée, Monsieur,
et charmée d'avoir fait votre connaissance.

Je descendis :

J'entendis la porte se refermer et la voix impérieuse de Madame
Flora qui appelait sa bonne...

Tout en descendant, j'étais fort anxieux et fort indécis : j'avoue que,
si Madame Flora m'avait fait sortir par le petit escalier, je n'aurais
pu résister — peut-être — à la tentation de remonter chez Adèle...
que lui aurais-je dit ?.. Je ne savais. Espérais-je un raccommodement
Je ne m'en rendais pas compte. Mais cette vision de tout à l'heure
m'obsédait... Adèle effondrée en une chambre de bouge, avec son
lent regard de bête, plein à la fois de haine et de reproche.., Je ne
voulais pas pouvoir m'accuser un jour qu'Adèle fut tombée jusque là.
Le salut d'un être vaut bien un peu de patience, un peu de sacrifice
de soi-même... Et ma pitié me tourmentait comme un remords.

En passant devant la loge du concierge, je me rappelai que j'avais
à m'entendre avec lui au sujet de mes malles.

J'entrai...

J'eus une atroce angoisse au cœur comme si une main furtivement
glissée dans ma poitrine, le pressait tout à coup et le pétrissait.

Je venais d'apercevoir Adèle... Elle était au fond de la loge —
assise sur le bras d'un fauteuil, à demi couchée sur le dossier, les
jambes ballantes... Elle portait à ses lèvres un petit verre de cognac
ou de rhum... A quelques pas d'elle, calotte au crâne, mains pater-
nellement croisées sur le ventre, le concierge, familier, se gorjassait
en une profonde bergère... Evidemment elle lui racontait notre
scène, et il lui donnait des conseils.

En me voyant, elle s'immobilisa dans son geste commencé.

Moi-même, je restai, là, ému et perplexe, la main sur le loquet de
la porte... Je la regardais .. Alors, elle se laissa retomber des deux

pieds sur le plancher, cracha avec mépris dans ma direction, me tourna le dos, et alla, d'un air indifférent, se planter devant la glace de la cheminée, d'où elle pouvait, tout en feignant de s'arranger les cheveux, suivre à la dérobée tous mes mouvements.

Le concierge avait daigné se lever; il avait jeté un coup d'œil à Adèle, un coup d'œil qui lui recommandait le calme; puis il porta la main à sa calotte et me favorisa d'un sourire...

J'avais eu, cependant, le temps de me maîtriser; et, en m'adressant au pipelet, ma voix, je crois, ne tremblait pas trop de l'émotion que j'éprouvais en moi.

— Vous voulez bien, Monsieur, — lui dis-je — me garder mes malles... je les ferai prendre dans la soirée.

— C'est entendu, Monsieur... me répondit-il. Je vais aller les chercher tout à l'heure

— Comme je ne repasserai pas moi-même — continuai-je en appuyant sur les mots à l'adresse d'Adèle — vous aurez l'obligeance de les remettre au garçon qui vous montrera un mot de moi... Vous savez mon nom ?

Le concierge eut un sourire discret et onctueux qui était une affirmation.

Alors, j'allongeai la main vers le pipelet : il comprit, et, tout en faisant semblant de regarder ailleurs, tendit la sienne où je déposais un louis. Il le serra en le tâtant bien pour s'assurer de la valeur de la pièce. Puis, reportant respectueusement l'autre main à sa calotte, et souriant :

— Merci, Monsieur, fit-il... Et il ajouta obséquieusement.

— Monsieur peut faire passer son homme quand il voudra. Dans quelques minutes les malles vont être là !

Cependant, devant la glace, Adèle, d'un air de défi et chantonnant à mi-voix, feignait toujours de s'arranger les cheveux...

Je risquai encore un regard vers elle : il rencontra le sien dans la glace... et celui-ci était si dur, si méchant, si insultant qu'il me rendit tout à ma résolution. Je sortis, accompagné au delà de la porte par l'obséquieux concierge qui me faisait une dernière révérence, rentrait dans sa loge et en refermait la porte derrière lui...

Je m'éloignai — je n'avais pas fait cinq pas sous le vestibule... la porte de la loge se rouvrit violemment, avec fracas...

Je me retournai.

Adèle, sur le seuil, la moitié du corps au dehors, le poing tendu, se débattait entre les bras du concierge qui, la tenant par la taille s'efforçait de la faire rentrer.

Et, le visage en coup de sang, les yeux torves, elle me criait :

— « Va donc, mufle ! salaud, rastaquouère... va-t-en donc coucher avec ta Germaine et ta vieille retraitée de...

La porte refermée brusquement par le concierge qui venait de réussir à rentrer Adèle, ne me permit pas d'entendre le reste.

Mais un immense flux de dégoût me monta au cœur et y noya toute la pitié qui l'emplissait tout à l'heure.

— « Non ! non ! me disais-je en franchissant la porte cochère : ce n'est plus possible... Le devoir de la pitié ne peut aller jusqu'au sacrifice complet de soi-même. Ma vie vaut bien celle d'Adèle ! Et, au travail impossible de vouloir les accorder l'une et l'autre, je me perdrais sans sauver Adèle... N'y pensons plus...

Tout à coup comme je sortais dans la rue, je m'entendis appeler d'en haut.

Je relevai la tête.

C'était Madame Flora qui, de son balcon, m'adressait un nouvel adieu.

Evidemment, elle était inquiète : elle avait du guetter ma sortie... Ne me voyant point paraître, elle avait craint sans doute que je ne fusse remonté chez Adèle.

Maintenant, elle se rassurait, et, en un léger clignement de tête, elle m'envoyait un sourire confidentiel, presque furtif :

Je répondis à son salut, et m'éloignai.

Au moment où j'allais prendre la première rue à droite un secret avertissement me fit tourner la tête...

Comme embusquée en la porte cochère de sa maison, la tête curieusement avancée dans la rue, Adèle me regardait... Son concierge était à côté d'elle : au-dessus, penchée à son balcon, Madame Flora riait avec un grand geste dans lequel je crus surprendre la gaminerie d'un pied de nez à mon adresse.

Je me proposais de rentrer à mon ancien hôtel — que j'avais eu la malheureuse idée de quitter pour m'installer chez Adèle.

Peut-être aurais-je évité les scènes abominables et scandaleuses si, au lieu de vivre presque maritalement avec elle, je n'avais été que le « visiteur « qui vient, à heures fixes, voir sa maîtresse ; l'emmène en promenade, au restaurant, au théâtre, et prolonge le moins possible les tête-à-tête. Mais, en me raisonnant, je me dis qu'il me fallait pourtant cette expérience : j'aurais pu autrement avoir sur Adèle des illusions qui m'eussent amené à quelque sottise : cette sottise, d'ailleurs, n'allais-je pas la commettre ; et si honteuse qu'eût été cette scène, n'en devais-je pas être heureux, puisqu'elle me libérait ?... Car emmener Adèle, chez moi : me condamner à la vie commune, non, cela n'était plus possible.

Je connaissais maintenant à fond mon Adèle !

13

Adèle n'avait aucun sérieux dans le caractère : frivole, volontaire, défiante et jalouse, avec une intelligence qui eut pu être moyenne étant cultivée, elle était l'irréfléchie qui vit au hasard de ses sensations et de ses caprices. En son état normal, je veux dire quand elle n'était point surexcitée, elle n'était pas méchante : elle était même capable d'actes de générosité quelquefois aussi déraisonnés, d'ailleurs, que ses colères : mais elle n'était pas bonne ; une personne bonne n'est point celle qui l'est par accès : c'est celle qui au lieu d'interpréter le pire dans les actes d'autrui, y cherche, même quand ils sont mauvais, une excuse et qui sache faire autour d'elle le plus d'heureux, en expliquant, en apaisant, en aidant. La bonté de ces amies-là est comme l'huile qu'on répand autour des navires dans les tempêtes et qui accalme et aplanit les vagues. Cette bonté dont l'artiste a besoin en la compagne qui se dévoue à vivre sa vie. Cette compagne-là je ne pouvais l'attendre en Adèle.

Elle était incapable de me seconder, dans mes doutes, d'un conseil, de m'exalter, dans mes joies, d'une approbation. Des femmes, qui ne comprennent pas, sont pourtant susceptibles de ce tact que leur donnent l'affection pour leur amant ou leur mari, et le respect de l'art auquel il s'est voué. Mais Adèle était un tempérament sans tendresse : non seulement elle ne portait aucun intérêt à ce que je faisais, à ce que je pensais, à ce que je rêvais : elle y était plutôt hostile, d'une animosité latente, qui éclatait quelquefois malgré elle brutalement : les âmes médiocres et manquées ont la haine instinctive de ce qu'elles ne comprennent pas. En le peu de temps que j'avais vécu avec elle pas une fois, elle ne m'avait dit, voyant un de mes dessins… « C'est bien ou c'est mal ?... — Mais « combien cela va-t-il te rapporter ? » Et si, revenant, je rapportais moins qu'elle n'espérait — car, dans la hâte de contenter ses caprices aussitôt qu'elle les édictait, je cédais parfois mon travail à des prix inférieurs : — elle se répandait alors en amères récriminations interminables le long desquelles réapparaissait, à chaque instant, le *leit-motiv* : « On ne prend pas une femme quand on ne peut pas lui donner tout ce dont elle a besoin ! »

Ou bien, elle m'accablait de ses mépris... » Quelle idée de se faire artiste, quand il y a tant de carrières où l'on gagne plus d'argent !... C'est au fond par fainéantise que tu as choisi ce métier-là, me disait-elle... tu ne me feras pas croire que c'est travailler de passer son temps à regarder des images, à lire des livres, à crayonner du papier ou à mettre des couleurs sur de la toile. Des gens qui travaillent, c'est le commerçant, c'est le marchand, c'est l'agent de change, c'est le militaire, c'est le prêtre !... il faut un peu plus de tête, sûrement pour ces métiers-là, et plus d'instruction aussi que pour tirer de sa cervelle des idées... souvent stupides... oui stupides... c'est moi qui te le dis : je ne suis pas plus bête que toi, tu sais... Je te dis ce que les autres n'osent pas dire : tiens ! je vais peut-être prendre des gants avec toi ! — et puis faire avec ces idées des dessins et des phrases... Non ! ce que c'est idiot ! Je me demande comment tu peux te prendre au sérieux, quand tu fais ça... C'est vraiment de l'enfantillage !... concluait-elle avec pitié.

Je le reconnaissais maintenant : — quelle illusion que celle que j'avais eue, un moment. Je m'en reculais, vraiment épouvanté... Jamais, jamais, quelque indulgence, quelque patience que j'y usasse, je ne réussirais à faire l'éducation d'une telle femme !... Jamais je ne pourrais lui donner peu à peu l'accoutumance de mes goûts, de mon travail, de mon milieu, de ma vie. — Elle était inapprivoisable à toute idée, à tout devoir. La théorie qu'elle avait du rapport des sexes était celle que, d'ailleurs, ont bien des femmes mariées qui se rebifferaient si on les appelait des femmes entretenues et qui pourtant n'en diffèrent guère qu'en ceci qu'elles ont en leurs maris des entreteneurs légaux. Pour celles-ci comme pour celles-là, en effet, l'homme est le fournisseur d'argent. Rien de plus. Comment il le gagne, où il le trouve, c'est son affaire : mais qu'il en apporte ! La femme ne doit pas pâtir, même de la plus simple contrariété d'une attente ou d'un

retard dans la réalisation de ses caprices. L'homme lui, doit les deviner et les devancer. La femme a droit à tous les désirs : l'homme a le devoir de toutes les obéissances. La joie de servir est sa récompense : et n'est-il pas plus heureux qu'il ne le mérite quand, par surcroît, la femme daigne lui faire l'aumône, si chiche et parcimonieuse que ce soit, de son corps. — Car ces sortes d'union sont, en général, sans amour. Je l'éprouvais, moi-même, avec Adèle. D'ailleurs, dans les sincérités de ses colères, elle ne me le cachait pas : et son axiome favori, qui revenait à tout propos : « un de perdu, dix de retrouvés » : ne me permettait nulle illusion à cet égard.

Tout ce qu'à la longue peut-être je pourrais obtenir d'elle, ce serait une sorte d'amitié dans laquelle l'habitude entrerait pour plus que le sentiment. Mais cela vraiment suffirait-il pour faire d'Adèle la compagne et la collaboratrice sinon d'œuvre au moins d'affection, d'un artiste comme j'étais, en pleine lutte encore pour la renommée et pour la vie.

Aussi j'allais... songeant et m'efforçant de me maintenir dans ma résolution prise — partir le soir même et ne plus la revoir.

La marche m'a toujours été d'un grand secours dans mes angoisses.

J'ai toujours éprouvé que le mouvement forcé du corps finit par donner un rythme à la pensée et lui imposer la sérénité. Je croyais donc être bien maître de moi quand, après avoir ainsi erré sans but, pendant près d'une heure, je rentrai à l'hôtel.

J'y retins une chambre pour la journée, annonçant que je partirais le soir. Je donnai au garçon qui m'avait déjà servi un mot pour le concierge d'Adèle avec commission de me rapporter mes malles ; j'y ajoutai l'expresse recommandation de ne répondre à aucune des questions qu'on lui adresserait.

Je ne partais qu'à dix heures du soir. Il n'en était pas quatre.

Comment remplir le vide des mortelles heures qu'il me restait à occuper ? Je me surpris la velléité de retourner aux environs de la maison d'Adèle... Je ne m'avouais pas pourtant que c'était dans la secrète intention de la revoir. Cette lâcheté vis-à-vis de moi-même me fit peur : je compris que, si je n'employais ces heures, elles seraient pour moi pleines d'embûches et de dangers. Une autre tentation heureusement me venait ; d'abord très furtive pour ainsi dire, mais que j'encourageai, aussitôt, pour me sauver de l'autre.

Si plutôt j'allais voir Germaine?... Avec Germaine, j'épuiserais, à parler d'Adèle, l'obsession qui me ramenait toujours à elle ; et j'étais sûr que les avis de Germaine remettraient en équilibre ma résolution vacillante...

Et, je me risquai, non sans appréhension.

Juste, le concierge était sur le pas de sa porte : — « Ah ! Monsieur, me dit-il, vous n'avez pas de chance ! Vous seriez venu deux minutes plus tôt, Vous trouviez Madame. Elle a eu à peine le temps de tourner l'angle de la rue !

— Ah !... fis-je, prenant une mine contrariée. Je venais lui faire mes adieux... Mais Germaine est-elle en haut ?

— Oh ! Germaine, oui, Monsieur.

— Alors, je monte... Comme je pars ce soir... je n'aurai pas le temps de revenir... Je vais charger Germaine de mes adieux.

C'est tout ce que je trouvai pour justifier, à l'avance, ma visite qui serait peut-être longue.

Et je montai.

J'étais à la fois plein d'anxiété et de je ne sais quelle joie ; il me semblait que j'allais vers ma délivrance.

Pourtant, arrivé au palier, j'hésitai à sonner. Germaine en l'absence de sa maîtresse, ne me laisserait peut-être pas entrer. Enfin je me contraignis à allonger le bras, et je tirai la sonnette.

Un pas précipité : une main à la serrure... la porte s'ouvre...

— Ah ! vous, Monsieur... s'écrie Germaine en me voyant... Comment pas encore parti !

Je restai quelque temps étonné, à considérer Germaine : il me semblait presque que je ne l'avais jamais bien vue : avec ses beaux cheveux noirs ramenés sur sa tête en bonnet phrygien, sa jolie face de brune un peu bistrée, ouverte à la fois et fine, ses yeux rieurs qui s'ombraient parfois d'un peu de rêve : sa bouche aimable et charnue, dont la sensualité se pimentait d'un sourire de mutinerie furtive aux commissures des lèvres : — avec sa robe d'un bleu clair qui s'ajustait si parfaitement sur son corps qu'elle en moulait les formes à la fois souples, nerveuses et graciles : avec son col blanc rabattu, son tablier blanc, dont l'irréprochable propreté décelait l'irréprochable probité des dessous : — avec ce je ne sais quel air de fraîcheur qui se dégageait d'elle combiné avec un parfum diffus de fruit mûr, — elle m'apparut tentante comme jamais elle ne m'était apparue : et, tout en l'observant, j'étais bien contraint de m'avouer pourtant, qu'elle était bien en ce moment ce qu'elle avait toujours été : — c'était moi qui la voyais différente.

Germaine, évidemment, s'apercevait de mon étonnement : et, à celui que je voyais à mon tour dans ses regards, je devinais qu'elle en cherchait la cause. Elle ne dut pas la chercher longtemps. Car, aussitôt, ses yeux s'ombrèrent d'un peu plus de rêve et la mutinerie de son sourire s'accentua légèrement aux commissures de ses lèvres.

Nous ne pouvions pourtant rester ainsi longtemps l'un devant l'autre...

Son exclamation était presque une question, C'était donc à moi de rompre notre silence qui devenait un peu gênant...

— Non... Vous le voyez, Germaine... pas encore parti ! — répondis-je. Je sais que votre maîtresse n'est pas là... Si elle y eût été, d'ailleurs, je ne serais pas monté. Car c'est vous que je veux voir.

— Moi! fit-elle : elle était devenue pensive : elle semblait hésitante. Allait-elle me refuser d'entrer? J'eus un moment d'inquiétude...

Mais le sourire reparut à ses lèvres : il n'était pas le même pourtant : il était plutôt ironique et un tantinet attristé...

— C'est pour me parler d'elle *encore*, n'est-ce pas ?... Et il m'était impossible de ne pas percevoir un léger dépit dans l'intonation avec laquelle elle avait prononcé ce mot *encore*.

— D'elle ? oui... répliquai-je. — Mais d'autre chose aussi...

Elle m'effleura d'un coup d'œil curieux qui rencontra mon regard :
— Qu'y avais-je donc mis dans ce regard, le teint mat de Germaine se brunit d'une imperceptible nuance de rougeur.

Elle détourna la tête :

— Allons, entrez ! consentit-elle : et, ayant fermé la porte derrière moi :

— Eh bien ! maintenant... dit-elle. — Racontez-moi comment vous n'êtes pas parti ?... C'est elle qui vous en a empêché ?

Je répondis d'abord à la première question. — « Je ne serais pas parti sans venir faire mes adieux ici. »

— Oh ! vous les aviez presque faits, Monsieur, — répliqua-t-elle, — la dernière fois que vous êtes venu. Et comme on entendait plus parler de vous !... Nous croyions, Madame et moi, que vous étiez bien parti, comme vous étiez venu l'annoncer.

Je voulus frapper un grand coup.

— Non ! dis-je, je n'étais pas parti, mais je pars ce soir et je pars seul.

— « Ce soir !... et seul !... » se récria Germaine, et il me sembla qu'elle se troublait un peu : puis, se remettant, elle répéta avec un air d'incrédulité : — Seul ?... bien vrai ?...

— Vous ne me croyez pas ? Germaine.

— Si fait ! si fait ! Monsieur, répliqua-t-elle en riant. Je crois bien que vous partirez seul, mais... qu'elle ira vous rejoindre.

— Vous changerez d'avis, Germaine, quand je vous aurai raconté la scène que nous avons eue ensemble aujourd'hui ; et la rupture — qui s'en est suivie...

— Une scène !.. une rupture !.. Racontez-moi cela ! fit-elle, empressée... et, m'ayant indiqué un siège dans l'antichambre, elle m'invita du geste à m'asseoir

— Ne jugez-vous pas, Germaine, lui observai-je, que nous serons bien mal ici pour causer... Madame peut rentrer...

— Oh ! cela, non ! Madame ne rentrera pas de longtemps... Mais où voulez-vous, Monsieur, que je vous reçoive ?... Dans la cuisine, ce ne serait pas convenable pour vous. Puis, on n'y est pas plus à l'aise qu'ici, à cause de l'escalier de service...

Et, riant avec une espièglerie un peu libertine dans les yeux et dans le sourire.

— « Je ne puis pourtant pas vous recevoir dans la chambre de Madame !... Maintenant que vous voilà... *relibre*... ça réveillerait peutêtre vos idées... d'autrefois ?...

Je connaissais les aîtres de l'appartement ; je savais que la chambre de Germaine n'était séparée que par une largeur de corridor, de la cuisine par où, au cas où sa maîtresse rentrerait plus tôt qu'on ne l'attendait, je pourrais m'évader sans être vu d'elle.

— Non pas, dans la chambre de votre maîtresse, Germaine — répliquai-je donc... ! Pas pour la raison que vous dites... Ce que vous m'avez dit à cet égard, m'a bien guéri...

— Ce que je vous ai dit ?... Elle feignit de chercher dans ses souvenirs : « Ah ! oui!... je vous ai dit qu'il était trop tard... C'était vrai...

— C'était vrai ?... — questionnai-je... Ce ne l'est donc plus...

— Je vois qu'en effet vous êtes bien guéri… sourit-elle ironique-
ment… Oh ! tout à fait guéri… Dame, que vous répondrai-je là-dessus !… Avec les femmes, on ne sait jamais, Monsieur… C'est l'occasion qui fait tout… Et, devant l'occasion, voyez-vous, il n'y a pas de
vertu ni de résolution qui tienne, si bien qu'elle ait été prise… Pourtant, ajouta-t-elle d'un rire qui me parut un peu nerveux, il n'est pas
probable que l'occasion puisse se présenter… d'ici à ce soir… Il faudrait prolonger votre séjour ! Et ce n'est pas possible… L'autre vous
reprendrait… Mais, ajouta-t-elle vivement, sans me laisser le temps
de répondre, il ne s'agit pas de cela… où me proposerez-vous, Monsieur, de vous recevoir !

— Mais, lui dis-je… je ne vois qu'un endroit possible, Germaine
— votre chambre.

Son rire s'agaça plus nerveux : elle fixa ses yeux sur les miens :
nous restâmes ainsi un moment : évidemment, elles sondait mes
intentions. Je ne sais ce qu'exprimaient mes regards : Il me semble
bien impossible qu'ils ne révélassent pas, un peu plus que je voulais,
ce que je ressentais. Désirais-je déjà Germaine ? Je ne m'en rendais
pas encore compte, en tout cas : mais, pour sûr, je me disais : pourquoi n'ai-je pas choisi celle-là plutôt qu'Adèle ? Fine comme elle l'était,

Germaine, certainement, devinait
ce qui se passait en moi. Je crus
saisir en ses yeux un prompt éclair
de joie aussitôt dissimulée par un
battement de paupières : le rire
nerveux se détendit en un sourire
un peu moqueur ; et la même imperceptible rougeur que j'avais
déjà remarquée, brunit légèrement
sa peau bistrée : Puis avec un
grand air de bravoure :

— Que je vous reçoive dans ma

14

chambre ?— Soit ! fit-elle et, tout en marchant devant moi pour me guider :

— Celle-là au moins n'aura pas pour vous les mêmes dangers que l'autre ajouta-t-elle en riant.

J'affectai de rire aussi : et lui ripostai sur le même ton :

— Peut-être, dis-je, en aura-t-elle de pires.

Elle ne répondit pas. Nous arrivâmes devant sa chambre : elle m'ouvrit la porte, et, m'engagea à passer devant elle : puis elle entra après moi.

C'était plutôt un cabinet, la chambre de Germaine : une armoire en noyer, une toilette, et un grand lit de bronze doré, assez précieusement ouvragé, suffisaient, avec un fauteuil cannelé, et deux chaises, à le remplir. C'était à peine si l'on pouvait se mouvoir à deux dans la place laissée vide devant le lit. Mais tout cela était d'une propreté irréprochable comme la robe et le tablier de Germaine, et il s'en dégageait le même parfum de fraîcheur et de fruit mûr qui se dégageait d'elle.

— « Asseyez-vous, Monsieur, dans mon fauteuil — me fit-elle, en badinant et désignant du geste le fauteuil qui se trouvait au pied du lit. Quant à moi, vous me permettrez, n'est-ce pas ? Monsieur, d'user de mon canapé.

Et elle s'assit au bord du lit.

Je l'avouerai : — le mouvement et le craquement du lit, lorsqu'elle s'y assit me coupèrent, tout net, l'haleine : j'eus l'impression que l'on éprouve lorsqu'on se trouve sur une balançoire qu'une forte impulsion projette dans le vide. Je me sentis saisi à la gorge d'une angoisse qui m'étranglait, tandis que la salive se séchait dans ma bouche... S'en aperçut-elle ? J'en eus l'appréhension au sourire indécis qui lui brida les lèvres et à l'éclair de malice, aussitôt éteint qui lui égaya un moment les prunelles... Mais je pouvais aussi bien

attribuer cela à la curiosité de la confession, qu'elle attendait de moi...
Et, en effet, elle ne me laissa pas le temps de l'observer davantage,
la figure, maintenant, toute épanouie d'ironie...

— « Eh bien ? Monsieur ? m'interrogea-t-elle... cette scène ?...
cette rupture ?

Il est indispensable ici de préciser très exactement ma position ;
— j'étais dans un fauteuil au pied du lit ; à ma gauche, Germaine,
sur le bord du lit, à peine séparé de moi de la longueur de mon
bras, — un peu inclinée, balançait sous sa jupe, ses deux pieds à .
deux ou trois centimètres du parquet.

Je parvins à me contenir : et je commençai mon récit.

La tête à demi tournée de mon côté, Germaine m'écoutait attentive — ne décélant ses impressions que d'un mot, d'un geste, d'un
mouvement de tête... Elle ne m'interrompit que quand j'en arrivai
aux reproches d'Adèle au sujet de M^mo Volland.

— Voyons... me dit-elle avec un sourire mi-clos... Vous pouvez
bien être sincère... de vous à moi !... Vous n'avez jamais risqué la
moindre imprudence envers cette Madame Volland ? Les hommes,
vous êtes si prompts à la tentation !

— Jamais Germaine, protestai-je... La connaissez-vous, Madame
Volland.

— Je me rappelle bien qu'Adèle m'en a parlé ! Mais je ne l'ai jamais rencontrée.

— C'est ce qui excuse votre doute ! répondis-je, en riant.

— Elle est donc bien laide ? questionna Adèle.

— Elle est pire, répliquai-je : elle est indifférente... Je vous prie
de croire, Germaine, qu'il me faut autre chose que cela pour me
tenter !

Et je la fixai d'un tel regard qu'elle baissa les yeux ; mais un petit sourire ambigu lui courut le long des lèvres et alla directement se nicher en leurs commissures charnues.

— Bah !... — ricana-t-elle avec un léger haussement d'épaules : — le changement est souvent une tentation suffisante pour les hommes...

— Et pour les femmes ? lui demandai-je...

— Pour les femmes... — répliqua-t-elle — la tentation suffisante c'est... la curiosité... Mais, enfin, vous le dites ; je vous crois... Cette Madame Volland ne vous fut de rien. . Continuez.

Je continuai.

Je crois lui avoir fait, de cette scène avec Adèle, un récit absolument sincère où je n'atténnai ni n'exagérai rien.

— « Pauvre Adèle... » — murmurait à chaque instant Germaine.

— « Pauvre Adèle ! » répéta-t-elle encore quand j'eus terminé... Puis elle resta silencieuse et rêveuse, regardant de ses yeux baissés le bout de ses bottines qu'elle balançait toujours, nerveusement, sous les bords de sa jupe.

Je suivis ses regards : et ne pus m'empêcher d'admirer la petitesse de ses pieds, leur cambrure aristocratique et la finesse des chevilles que j'apercevais dans l'ombre de la jupe.

Germaine ne semblait pas s'apercevoir de ma contemplation...

— Pauvre Adèle ! soupira-t-elle une dernière fois ; puis elle se secoua comme pour achever de se réveiller de sa songerie : et elle détourna la tête vers moi. — Très discrètement, j'avais un peu rapproché mon fauteuil, le corps en avant, appuyé des deux coudes sur mes genoux qui frôlaient presque sa jupe ; je me trouvais directement sous son regard qui sembla mesurer avec étonnement le peu de distance qui nous séparait... Je craignais une observation : et je cherchais, d'avance, à me justifier. Mais, cette observation, elle ne la fit pas. D'un lent mouvement, pendant lequel elle m'effleura d'un coup d'œil qui semblait ne pas me voir, elle ramena son regard devant elle, dans le vague : — et ses pieds se retirèrent sous sa robe.

— Oui !... Pauvre, pauvre Adèle ! reprit-elle :

Je la regardais... J'eus un frisson de joie : Il semblait que la voix de Germaine eut, soudainement mué : elle n'était plus la même ! Elle était moins assurée — plus profonde aussi : elle tremblait un peu, presque oppressée : la respiration devenait plus brève : le sourire s'effaçait : ce n'était plus du rêve qu'elle avait dans les yeux, c'était une sorte de lueur mouillée, derrière laquelle le regard paraissait trembler comme la voix.

D'où venait ce changement ? Ne devais-je l'attribuer qu'à la pitié qu'elle éprouvait pour Adèle !... Ne s'y mêlait-il pas autre chose ?... Etait-il possible que Germaine ne fût pas avertie par son instinct de femme très fine et très délurée, très bonne aussi j'en étais sûr, de ce qui se passait en moi ? qu'elle ne devinât rien de l'émotion que je ressentais près d'elle, qui venait d'elle sans doute, de tous les souvenirs, des regrets même, qu'elle éveillait en moi, mais qui était aussi surexcitée par la réaction de tout mon être aux scènes de dépression que je venais de subir ?... Et il y avait, en cette émotion, ceci de singulier. C'est que dans Germaine, fort tentante par elle-même, je ne voyais et ne sentais pas que Germaine : par ses intimités et ses confidences avec sa maîtresse, il s'y mêlait un peu de celle-ci ; s'il y avait tout de même un peu plus de Germaine dans cette jolie et capiteuse fille qui était près de moi, il y avait aussi une part de l'autre qui se fondait si bien en elle que c'était une femme unique pourtant, que je désirais doublement en Germaine ?

Certes, elle ne pouvait percevoir mes sensations avec la subtilité que je mettais moi-même à les analyser. Pourtant pouvait elle ne pas sentir le désir dont je l'enveloppais toute, peu à peu. — Sa pitié pour Adèle était très sincère : mais, en ce moment, ne l'aidait-elle pas à me dissimuler, sinon déjà un trouble d'où je pusse augurer quelque chose, au moins une lutte intérieure entre des impressions éprouvées et l'incertitude de sa résolution ?... Germaine préparait-elle sa défense et son refus ? ou, au contraire, pesait-elle les conséquences de son abandon, et en discutait-elle toutes les circonstances ?

Voilà ce qu'il me fallait savoir : — Je ne m'attendais pas de sa part à un congé brutal, avec des attitudes de scandales. Germaine n'était ni une sotte ni une hypocrite, qui voulût jouer à l'innocence et à la pudeur. Elle savait bien d'ailleurs qu'elle n'avait pas affaire à un goujat qui tenterait d'arracher par surprise ou violence ce qui n'a de valeur qu'obtenu ou cédé par consentement ou abandon. — Et, dans ce doute, je m'appliquai à l'observer ; à l'épier avec cette double vue de la passion, qui me ferait bien deviner le sens *vrai* de chacun de ses gestes, de ses mouvements, de ses regards, des expressions les plus fugitives de sa physionomie, de ses moindres inflexions de voix...

Bien décidé d'ailleurs à me retirer loyalement si, en rien de cela, je ne découvrais un signe qui me permit d'espérer ; et, aussi, à ne pas laisser échapper les occasions d'avantage qui s'offriraient. J'ai toujours remarqué que c'est une grande erreur de parler de l'aveuglement des passions : il n'y a rien de si clairvoyant que le désir ; du moins l'ai-je toujours constaté pour moi-même, et il n'y a pas apparence que je diffère, en cela, des autres. Certes on ne *raisonne* pas dans le désir comme dans la *raison* ; la passion ne procède pas par lentes déductions logiques ; elle brûle toutes ces étapes en une sorte d'éclair qui est presque de la divination pour en affirmer de suite la résultante ; — je me disais donc très nettement qu'il me fallait Germaine, d'abord parce que la possession m'en serait agréable, et parce qu'elle seule, me sauverait d'Adèle. Ayant Germaine, je ne serais plus tenté à retourner vers l'autre. — Sinon, — la pitié m'y ramènerait...

Mais voici que Germaine avait réussi à se reprendre et à se composer presque, une attitude. Elle parlait les yeux devant elle sans me regarder, — et elle parlait lentement, sans doute pour maîtriser sa voix qui, tout de même, tremblait encore un peu :

— Personne, disait-elle, ne pourra vous blâmer, Monsieur. En toute conscience, vous n'avez plus aucun devoir vis-à-vis d'Adèle : tout ce que vous lui deviez, vous le lui avez donné, et même au delà de vos promesses. Car, enfin... vous n'avez pas eu la... *sagesse* d'Adèle ! — et elle sourit sans changer la direction de ses regards. — Lorsque vous vous êtes mis en rapport avec elle, il était au moins sous-entendu que vous ne la garderiez que pendant votre séjour à Paris... Vous avez tenu exactement le contrat... Pendant que vous étiez avec elle, vous l'avez rendue aussi heureuse que possible... Elle-même, en a convenu avec moi... La seule chose, même, qu'on pourrait peut-être vous reprocher, c'est d'avoir trop cédé à ses caprices... Il faut savoir résister aux caractères comme Adèle, et c'est justement parce que vous êtes trop bon pour cela, que vous faites bien de la quitter : car, le pli est pris maintenant : vous n'avez pas su résister : vous ne résisteriez plus : et elle *s'empirerait* chaque jour dans ses caprices et dans ses colères... J'aime beaucoup Adèle : j'ai une grande pitié pour elle : et je sens bien que, vous aussi, vous avez pitié d'elle... Cela vous cause un remords, n'est-ce pas ? de la quitter... car vous n'êtes pas de ceux qui s'amusent avec les femmes et les rejettent après comme la peau d'une orange dont ils ont sucé le jus...

Elle tourna la tête, cette fois, pour me regarder : — Et, je puis bien vous le dire maintenant, ajouta-t-elle... C'est précisément cela qui nous épouvantait pour vous, Madame et moi... — « Germaine, m'a-t-elle reproché plus d'une fois, pourquoi lui as-tu fait connaître

cette fille... Tu verras qu'il l'emmènera... et ce sera son malheur ! »
Madame avait bien raison... oui, c'eut été votre malheur... Encore
si, l'emmenant, vous l'aviez sauvée, elle... ce serait une bonne action
qui pourrait vous tenter... Mais non ! il est déjà trop tard. Vous vous
perdriez avec elle, et voilà tout. — Vous ne me demandez pas mon
avis, sans doute, Monsieur — continua-t-elle avec un sourire un peu
forcé et la réticence d'une question dans le regard. — Mais je me
permets, tout de même, de vous le donner... Non comme le mien
seulement... il n'aurait pas d'autorité sur vous... Mais comme celui
de Madame — qui, tout de même, vous le savez, est restée votre
amie... Elle se croit d'ailleurs, un peu responsable dans tout ceci :
car c'est bien un peu pour la préserver, elle, que je me suis mêlée de
cette histoire... M'en voulez-vous ?

Je souris, et, les yeux bien fixés sur les siens,

— Si je vous disais : oui, Germaine — répliquai-je — ét que,
partant, vous me devez une compensation... que me répondriez-
vous ?

Son regard se fit intense et fixe : — il me sondait :

— Une compensation ?... murmura-t-elle à mi-voix, du ton et de
l'air de quelqu'un qui s'interroge soi-même. Cependant elle écartait
doucement une main que j'avais avancée vers elle, puis, très sérieuse,
hochant la tête :

— « Ce serait bête, n'est-ce pas, Monsieur ? dit-elle : — de faire
semblant de ne pas comprendre... Je ne
m'offusque pas, vous voyez. . parce que je
veux être très franche... Toute femme qui fait
l'indignée quand elle se sait désirée par un
homme qui ne lui déplaît pas... est une hypocrite...

—Alors ?... répétai-je, en me risquant à

avancer encore ma main qui fut encore écartée... je ne vous déplais pas trop... puisque
vous ne vous indignez pas.

— Non, Monsieur ! — répondit-elle très
simplement... Vous ne me déplaisez pas...
De vous à moi... d'une servante à un monsieur comme vous... on ne peut point parler
de sympathie. Mais, enfin, chaque fois que
j'ai pu vous être agréable, ça m'a fait plaisir... De plus, croyez bien que je ne me mé-
prends pas sur le sentiment que vous éprouvez pour moi... Ce n'est
que du désir...

Je fis un mouvement de protestation :

— Oh !... ne protestez pas... Monsieur ! — se récria-t-elle vivement.
— Cela ne me froisse pas du tout... à voir tous les chagrins qui
accompagnent ce qu'on appelle l'amour, quelles furieuses haines et
quels crimes parfois il conseille, — j'en aurais plutôt peur... et j'estime bien plus aimable le désir qui ne laisse que des souvenirs sans
amertume et permet de se sourire encore quand on se rencontre...
Mais, tout de même — conclut-elle avec sa physionomie épanouie
cette fois... ça demande réflexion.

Elle fit un petit silence pendant lequel elle sembla se recueillir :

— Vous rappelez-vous, Monsieur — me demanda-t-elle — une
histoire que vous avez une fois racontée à Madame... C'était à table :
et, en servant, j'écoutais tout.

— Quelle histoire ?... questionnai-je à mon tour en cherchant
dans ma mémoire.

— Oh ! vous allez vous rappeler... affirma Germaine, gaiement...
Il s'agissait d'une dame que vous aviez rencontrée je ne sais où...
après l'avoir connue dans votre pays d'où elle était...

— En effet... je me rappelle... répliquai-je, Madame Claire Ribes...

— C'est cela !... Entre nous : je crois que vous avez un peu brodé son histoire pour produire plus d'effet sur Madame — en tout cas, c'était amusant... Selon vous, cette personne avertissait tout amoureux, qui la sollicitait que, quand même elle lui céderait, il ne devait s'attendre de sa part à aucune fidélité. D'ailleurs, elle ne leur en demandait pas à eux, non plus. — Je ne me donne pas, leur disait-elle, je me prête... parce que je me réserve de me reprendre quand cela me plaît... et il paraît qu'elle agissait comme elle parlait. Et vous nous en avez raconté quelques preuves assez... dame, oui assez ! émoustillantes.

Et s'interrompant, avec une taquinerie dans les yeux et sur les lèvres.

— Faut-il vous donner des regrets, Monsieur ?... fit-elle. — Ma foi, oui !... n'est-ce pas ?... vous le méritez bien... Ce sera ma vengeance... D'ailleurs, elle ne sera pas bien cruelle : puisque vous êtes *guéri*...

— Allez-y de votre vengeance, Germaine !... consentis-je en riant.

— Eh bien ! ce jour-là, Monsieur... Vous n'avez pas été bon observateur... Vous n'avez pas vu combien Madame était ébranlée et troublée... Quand, le dîner fini, vous vous êtes levés pour passer dans le salon, seuls tous deux, je me suis dit à part moi : — « cette fois, ça y est !

« Ça n'y a pas été du tout !.. Vous n'avez pas su ou osé profiter de votre avantage.. On a bien raison de le dire : les timides ont toujours tort... Si bien que, le soir, quand je demandai à Madame en la déshabillant, comment ça s'était passé... Car je lui avouai que j'avais tremblé pour elle... elle me rassura. Et je savais bien qu'elle ne me mentait pas... Madame ne m'a jamais menti... Ah ! me dit-elle, si

j'en avais eu le courage, j'aurais été une femme comme cette Claire !..
C'est elles qui ont raison... Mais l'éducation, les préjugés, les fausses
hontes nous retiennent d'être heureuses... On se marie, et on est
obligée de se sacrifier ou... de mentir, C'est absurde et odieux ! On
manque ainsi sa vie, et on fait manquer la leur à d'autres !...

Germaine s'arrêta ; et, après m'avoir détaché un coup d'œil rapide,
elle ramena ses yeux à regarder machinalement ses bottines qui re-
commencèrent à se balancer sous les bords de sa jupe. Mais elle
avait les joues toutes fleuries et un joli sourire mutin fiché comme
une flèche au coin de ses lèvres.

— Et vous, Germaine... Qu'en pensez-vous ! — murmurai-je, la
voix étranglée, les yeux troubles et les tempes battantes...

— Moi ?... je pense comme Madame ! — « Me répondit-elle en
tournant vers la mienne sa face épanouie où une joie égayait du rêve
— comme un soleil matinal égaye les buées d'une vitre...

Je me levai, éperdu : et, l'enlaçant de mes deux bras, mes lèvres
sur ses lèvres, je l'étendis, frissonnante et abandonnée, sur le lit.

— « Enfin ! » soupira-t-elle en me rendant mes baisers.

Quelle différence entre l'abandon presque indifférent d'Adèle et
l'abandon vraiment passionné de Germaine. Celle-là, je ne pouvais
douter qu'elle fut heureuse d'être possédée par moi et de me posséder. Il y avait déjà, longtemps, m'avoua-t-elle, qu'elle me désirait — dès les premiers jours qu'elle m'avait vu chez sa maîtresse.
Mais dame ! je ne m'en apercevais pas ; et elle ne pouvait vraiment
me le faire comprendre, pendant que je faisais la cour à sa maîtresse.
Mais il ne fallait pas que je crusse que, pour cela, elle m'avait des-
servi auprès d'elle. Au contraire : elle avait engagé Madame à me
céder,.. et ça en avait été bien près un moment. Elle me répéta
que, si j'avais osé — comme elle me l'avait dit tout à l'heure — le
jour où j'avais conté l'histoire de cette femme, c'était fait !

C'était après cette soirée, justement, que sa maîtresse avait eu peur : elle pressentait que, si, une autre fois, j'étais plus habile à *saisir l'heure du berger*, elle était perdue. Et vraiment, bien qu'elle n'aimât pas d'amour son mari, elle ne voulait pas le tromper. C'est alors qu'elle avait supplié Germaine de venir à son secours, de la sauver. Juste, le hasard venait d'amener Adèle — elle avait fait de l'effet sur moi... « Mais tout cela je vous l'ai déjà conté, acheva Germaine, et je n'ai pas la prétention de vous apprendre le reste...

— Ah ! pourquoi, m'écriai-je avec regret, ne m'as-tu pas fait comprendre...

— Le pouvais-je, Monsieur ? réfléchissez... répliqua-t-elle... pendant que vous faisiez la cour à Madame. Et après, quand l'aurais-je pu — puisqu'Adèle est venue tout de suite... Puis, savais-je si vous voudriez d'une domestique ? et de la domestique d'une femme qui venait de vous refuser ? Est-ce que je pouvais venir vous dire : Ne prenez pas Adèle ? Me voici... et si vous m'aviez repoussée... Quoique bonne on a ses orgueils... ses vanités de femme...

— Sans t'offrir, tu aurais pu me laisser deviner...

— Quand ? pendant que vous étiez avec Adèle ? Eh bien ! vous m'auriez jugée une jolie personne : et vous auriez eu raison... Maintenant que vous êtes libre, c'est différent... Et vous savez, vous restez libre, tout de même — ajouta-t-elle.

— Comment ? lui dis-je étonné, que veux-tu dire ?

— Je vais être très franche, Monsieur, me dit-elle : Je vous connais assez pour être persuadée que vous ne m'en voudrez pas... au contraire ! Je ne ferai pas la prude, n'est-ce pas ?.. J'ai été heureuse de vous céder : vous ne pouvez pas me reprocher d'y avoir mis trop de façons... Je crois tout de même que vous n'en avez pas eu trop de déplaisir... Certes, je serais bien contente de vous revoir... Mais il ne le faut pas... Si vraiment vous avez eu quelque joie de moi comme

j'en ai eu de vous, je vous demande de grâce, non pas de l'oublier !..
Oh ! non ! — mais de ne pas vous croire retenu pour cela. . »

Et, me prenant la main avec un air de profonde et sérieuse affection.

— « Ça me fait de la peine, ce que je vous dis... J'espère que ça
vous en fait un peu aussi, à vous — dit-elle les yeux humides —
mais nous aurions beaucoup plus de peine l'un et l'autre, si vous ne
consentiez pas... Monsieur, vous aviez l'intention de partir ce soir...
il faut partir...

— Déjà... mais ce n'est pas possible !

— Il le faut, ajouta-t-elle avec autorité ! Je ne veux pas entreprendre de lutte avec Adèle : je ne le puis pas. Et, si vous restiez, ce
serait la lutte... Je me suis donnée à vous, d'abord, parce que je
vous désirais, mais, faut-il vous faire un aveu complet, pour mettre,
au moment de votre départ, la sensation d'une autre femme entre
vous et Adèle... Comme cela, — pardonnez-moi l'expression — vous
l'aurez moins sous la peau — tandis que vous vous éloignerez...
Vous penserez peut-être à moi, aussi, un peu... Cela divisera vos regrets : ils en seront moins forts. Puis, vous pourrez vous dire que
vous laissez ici... je n'ose dire une amie... mais enfin quelqu'un qui
ne vous oubliera pas... Et, plus tard, quand vous reviendrez à Paris,
si voulez, vous me trouverez... Si vous ne me voulez plus... eh bien !
Que voulez-vous ? cela arrive tous les jours, ces choses-là... Je ne serai jamais une gêne pour vous... Mais, au moins, vous ne serez plus
gêné par l'autre, non plus...

— Alors — fis-je en souriant un peu tristement, — c'est un sauvetage que tu as voulu opérer, Adèle.

— Oui... c'est cela — me répondit-elle souriante aussi et un peu
attristée — c'est un sauvetage, Monsieur...

Quitter Germaine ainsi, à peine conquise : — cela m'était très

pénible. Et pourtant, tout en lui résistant. tout en discutant avec
elle, je sentais bien qu'elle avait raison. Elle avait voulu se mettre et
mettre en même temps la distance de mon éloignement entre Adèle
et moi. Elle avait peur qu'Adèle me reprît... Je ne le craignais plus
maintenant : mais, la violence d'Adèle me faisait craindre quelque
scandale dans lequel peut-être, elle n'épargnerait ni Germaine ni sa
maîtresse. J'entendais encore les injures grossières qu'elle m'avait
dites et, dans un accès, elle était bien capable de passer des menaces
à l'acte... Germaine finit donc par triompher de mes résistances.

— Soit, lui dis-je enfin : je partirai, Germaine : avec le caractère
que nous connaissons tous deux à Adèle, elle m'aura, vite, oublié :
— je laisserai le temps à l'oubli de venir... Mais je retiens ta promesse, Germaine... quand je reviendrai...

— Quand vous reviendrez, affirma-t-elle, avec un loyal regard sur
le mien, je serai vôtre comme je l'ai été aujourd'hui — et mieux —
et plus !

Tout en l'enlaçant pour un adieu : : « Ecoute, Germaine, lui murmurai-je — c'est entendu : je partirai... Mais je ne risque rien à re-
tarder mon départ... pas même d'un jour... d'une nuit seulement ?
Je partirai... demain matin.

— A quoi cela vous avancera... me dit-elle, avec des yeux troublés
où je devinais un contentement...

— Ne pourrais-tu me donner quelques heures encore ce soir ?.. la
suppliai-je.

— Et — Madame ?... quel prétexte voulez-vous que je prenne pour
sortir...

— Nous avons été si peu l'un à l'autre... insistai-je en cherchant
encore de mes lèvres les siennes...

Elle ne les refusa pas. Nous restâmes ainsi quelque temps...

— Enfin... murmura-t-elle, soit... Peut-être... Je tâcherai... Je dirai à Madame que vous êtes venu... Je sais bien qu'elle ne voudra pas vous revoir : elle a encore un peu peur d'elle-même... Mais peut-être voudra-t-elle vous faire porter ses dernières amitiés. Et puis... et puis — hésita-t-elle songeuse — J'aurai peut-être le courage de lui dire la vérité...

— Tu lui dirais?.. m'étonnai-je.

Elle sourit : « Vous ne connaissez pas bien Madame, me répondit-elle. Ce n'est ni une femme ni une maîtresse comme une autre... Une domestique, pour elle, n'est pas une esclave : elle n'a pas plus de pensées cachées pour moi que je n'en ai de cachées pour elle... Elle sait que je suis libre... Elle ne me blâmera pas d'user de ma liberté comme il me plaira... Je crois même qu'elle me saura gré, car en vous sauvant d'Adèle, j'achève de la sauver, elle, de vous... Pourtant... je ne vous promets rien. Ne m'en voulez pas... si je ne viens pas. Et, en tout cas, partez demain matin à la première heure... Vous me le jurez.

— Je te le jure, Germaine.

Nous eûmes une dernière étreinte : et en la quittant, je lui répétai :

— A ce soir, Germaine.

Elle sourit, et, cette fois plus affirmative :

— « A ce soir, me dit-elle.

— A quelle heure, Germaine ?

— « Après le dîner de Madame... entre huit et neuf heures...

Et je partis.

J'étais maintenant pressé de rentrer à mon hôtel : — je n'étais point, cependant, sans être combattu d'appréhensions diverses.

De deux choses l'une : — ou Adèle, en sa colère, avait, malgré elle, exprimé à mon égard, des sentiments qu'elle éprouvait réellement, et elle était vraiment lasse de moi, ayant quelque arrière pensée que sa colère n'avait pas trahie : car je l'avais déjà observé ; faible de caractère, Adèle était incapable de s'arrêter à une décision et surtout de la discuter et de la réaliser franchement : presque toutes ses colères avaient une intention secrète qu'elles n'avouaient pas. En ce cas, elle était satisfaite de notre rupture, et elle n'avait pas manquer d'aller chercher l'approbation de Madame Flora : cette approbation ne lui avait pas manqué.

En ce cas, je n'avais pas à supposer de la part d'Adèle aucune tentative de retour : — mais, dans l'hypothèse contraire, il fallait m'attendre à une tentative de cette sorte, plus ou moins directe.

Si, en effet, il n'y avait pas eu la moindre fourberie dans la colère d'Adèle : si, vraiment insconciente de ses paroles et de ses actes, elle n'en avait point prévu les conséquences...

Et je me demandais, comment avait été reçu le garçon de l'hôtel que j'avais envoyé chercher mes malles ; peut-être, Adèle s'était-elle trouvée là, peut-être m'apportait-il d'elle quelque lettre ou quelque sommation verbale... que ferais-je, si Adèle avait refusé de livrer mes malles, ou dans l'espoir de me ressaisir, mettait à le faire cette condition, que j'eusse une dernière explication avec elle ?

Et je faisais scrupuleusement mon examen de conscience :

Je ne pouvais me le dissimuler : — j'avais maintenant Germaine dans les sens — pas seulement dans les sens, dans le cœur aussi. C'est avec joie qu'elle s'était livrée ; avec la joie d'un désir qui depuis longtemps, me l'avait déjà donnée et qui n'attendait que l'occasion.

Et ce désir n'était pas seulement un appétit du baiser, un besoin de l'étreinte : il était aussi une affection. Avant, j'avais déjà senti une sympathie chez Germaine : après, lorsque les corps désenlacés, nous causâmes âme à âme, je m'aperçus que cette sympathie était une tendresse. Elle n'était pas seulement heureuse de son abandon, heureuse aussi de la joie qu'elle sentait bien m'avoir donnée, mais heureuse aussi et qui sait? peut-être surtout — de m'avoir sauvé de longues douleurs et peut-être de pire, en achevant de me séparer d'Adèle. C'était là la part de ruse, inévitable en tout amour de femme, qui se mêlait en celui de Germaine. Pouvais-je lui en vouloir ? ne sentais-je pas qu'elle avait raison et qu'autour d'Adèle la tentation d'une fatalité m'épiait.

Je sentais bien que Germaine ne s'était pas toute donnée en une fois ; qu'elle eut souhaité de me garder — mais ma sécurité lui était plus chère que son désir ; au moment même où elle se livrait, elle s'était déjà résignée à la séparation. — Ce n'était pas sans inquiétude même, comme vous l'avez vu, qu'elle avait consenti à la prolongation d'une nuit. Et je comparais ces deux femmes.

J'étais bien obligé de m'avouer que, même physiquement, Germaine brune, aux membres plus déliés qu'Adèle, avec sa physionomie bonne et douce, qu'animait la lueur vive de ses yeux, correspondait plus qu'Adèle à mon idéal féminin.

Et, certes, j'eusse plutôt songé à elle si sa situation, auprès d'une femme un moment désirée passionnément, ne m'eut empêché d'arrêter sur elle ma pensée, qu'elle s'était hâtée elle-même sur le conseil de sa maîtresse, de tourner vers Adèle.

Celle-ci, ne m'aurait jamais aimée comme venait de m'aimer Germaine : jamais Adèle ne m'aurait donné la joie de sa joie, — elle se livrait sans contrainte, mais jamais une émotion particulière ne m'avait averti que son plaisir lui vint de moi : il me semblait qu'il était en quelque sorte indifférent à ma personne et qu'elle l'eut éprouvé tout semblant d'un autre. En tout cas, je n'avais jamais saisi chez elle-même le moindre indice d'une tendresse. Je doutais que sa nonchalance de cœur, je dirais peut-être mieux, en disant son égoïsme, pût jamais arriver à être autre chose qu'une « habitude ». Je m'explique : Adèle était foncièrement honnête, je le répète, quoique d'une honnêteté fragile parce qu'elle n'avait pas été trempée dans une bonne éducation : j'étais sûr que, si je la déterminais à vivre auprès de moi, ses sens ne la solliciteraient pas pour d'autres. Je suffirais à les satisfaire, et elle prendrait aussi l'accoutumance de moi : mais cette accoutumance ne deviendrait pas plus de la passion, qu'elle n'en avait été au début. Jamais Adèle ne tomberait par curiosité des sens : mais, au contraire, sa mobilité et son inconstance de réflexion, son goût pour la vie facile et les plaisirs, la disposaient à toutes les chutes, dès qu'elle ne serait plus retenue. Et, quand même elle vivrait avec moi, serais-je, moi, capable de la retenir. L'habitude suffit-elle à l'honnêteté d'une femme ? Quel conseil a de l'autorité sur elle, sur ses caprices, s'il n'est accepté avec affection, quand elle est incapable elle-même de se l'imposer par la raison ?

Et, continuant de comparer Germaine et Adèle, avec celle-là, certes, je n'aurais eu à craindre ni les ennuis ni les inquiétudes que j'avais déjà éprouvés par l'autre.

Germaine, elle me l'avait dit, et j'étais sûr qu'elle disait vrai, n'aurait jamais été une gêne pour moi. Elle eut été à moi franchement, sans autre ambition que de satisfaire son désir, tant que son désir ou le mien aurait duré : mais elle n'aurait jamais songé à le prolonger au delà de son terme normal : car les corps n'ont point le droit de se conjoindre quand le désir ne les appelle plus l'un vers l'autre.

Ah ! pourquoi n'avais-je pas choisi plutôt Germaine !...

Toutes ces discussions anxieuses que j'avais avec moi-même me troublaient, car alors je craignais qu'elles ne me prouvassent que, malgré tout, je tenais encore plus à Adèle que je ne le croyais. Je me rassurai pourtant en me démontrant que ce n'était point par un reste d'amour que je m'inquiétais d'elle, mais par pitié, et que cette pitié, vraiment, je la lui devais. Mais je ne pouvais aussi me dissimuler que, si je n'eusse rencontré Germaine à cet instant, qui était sans doute, un instant décisif de ma destinée, j'eusse été bien capable de confondre cette pitié avec un autre sentiment, et de la laisser agir plus qu'il ne l'eut fallu, plus que je ne me le devais à moi-même : car, si on a des devoirs vis-à-vis autrui, on en a aussi vis-à-vis de soi.

J'étais donc assez ému et perplexe lorsque je franchis la porte de l'hôtel : juste, le garçon, que j'avais chargé de ma commission, se trouvait dans le bureau. Dès qu'il me vit arriver, il se dirigea vers moi : c'était un garçon fort intelligent et dont j'avais eu plusieurs fois l'occasion d'apprécier la discrétion :

— Eh bien ! lui dis-je. — Vous avez mes malles ?

Il souriait en hochant la tête : j'eus une angoisse. Heureusement, il s'empressa d'ajouter, voyant mon changement de physionomie :

— Oui, oui, Monsieur, tranquillisez-vous, je les ai : — Mais...

— Mais...? interrompis-je.

— Mais, ce n'a pas été sans... incidents.

— Le concierge ne voulait pas vous les livrer !

— Ce n'est pas cela !

— Elles n'étaient pas chez lui ?

— Non, Monsieur, elles n'y étaient plus... Madame Adèle les avait fait monter chez une dame qui demeure au second : Madame Flora...

— Ah ! ah ! fis-je intrigué.

— Voici d'ailleurs, Monsieur, comment ça s'est passé... Je me présentai donc, muni de votre billet chez le concierge... « — Ah ! qu'il me fit, en le lisant, et en frottant d'une main sa calotte sur sa tête... C'est vous qui venez chercher les malles... C'est que, mon brave, il y a une petite difficulté...

« — Et laquelle ? que je lui fais.

« — Madame Adèle, qu'il me répond, veut vous les livrer elle-même... Elle me les a fait porter chez son amie Madame Flora — où elle vous attend.

« — Voyons, entre nous, — lui fis-je — est-ce que cette dame ne voudrait pas me les donner ?

« — Ça — mon garçon — qu'il me réplique avec un air de diplomate, les yeux plissés et les lèvres en lippes, — ça, je n'en sais rien. — Montez et vous l'apprendrez.

« Bon, je monte, à travers la porte j'entends des voix et qui parlaient très haut. On eut dit une dispute. Il y avait deux ou trois voix de femmes. Je sonne tout de même. Les voix se baissent et j'entends un pas qui s'avance vite... — Enfin, on ouvre la porte :

« Je me trouve devant une bonne qui me paraît d'assez mauvaise humeur.

— Madame Flora? que je lui demande.

— De la part de qui?... me questionne-t-elle.

— Quand je vous le dirais, répliquai-je, probable que Madame ne saurait pas ce que ça veut dire... C'est pour Madame Adèle que je viens...

— Ah! oui! — s'écrie-t-elle : et toute sa figure se réjouit d'une mauvaise malice, pour les malles, n'est-ce pas?... On vous attend.

J'entre; je la suis à travers une antichambre; elle ouvre une porte, et je me trouve dans la salle à manger... — Faut-il tout vous dire, Monsieur?

— « Tout! oui, mais oui tout — m'impatientai-je un peu.

— Il y avait donc deux dames, l'une forte, rousse, trapue, avec un air qui n'est pas des plus commodes et qui me regardait du haut de sa grandeur! Celle-là était assise; l'autre, une grande, blonde foncée, mais qui paraissait fort animée était debout : et dame! à côté d'elle, il y avait un monsieur, entre deux âges, avec des favoris presque blancs sans moustache, ni barbe, une tête de perroquet, gros et court, qui avait l'air cossu d'un marchand de contre-marques retiré du commerce après fortune faite...

Et je reconnus devant la fenêtre vos deux malles. Mes yeux naturellement allèrent-là, tout d'abord.

— Ah!... c'est ça que vous venez prendre... me dit la dame grande... Et il va bien, me fit-elle d'un ton goguenard mais qui n'était pas naturel, le monsieur — qui vous envoie? Dites lui bien que je ne les lui retiens pas ses malles... Seulement, je n'ai pas trouvé convenable pour un si grand personnage... qu'il les prît chez le pipelet. — Je ne voulais pas non plus qu'il les prenne chez moi. D'abord, je ne voulais pas me condamner à rester chez moi pour l'attendre... Et puis, il aurait cru qu'on voulait le revoir... Mon amie Flora m'a donc permis de les déposer ici... Prenez-les...

Et, se retournant vers le Monsieur dont les lèvres jutaient de satisfaction en mâchonnant un cigare éteint...

— « Vous voyez... vous êtes témoin — l'évoqua-t-elle... tout est bien fini entre lui et moi... ah! oui, bien fini !

« Cependant, je ne pouvais descendre les deux malles en un seul voyage : on me laissa enlever la première sans observation. Il y eut même un silence, un silence, d'église... Sinon, puisqu'il faut dire tout, Monsieur, que Madame Adèle — car je devinais bien que la grande c'était elle — s'était assise à côté du marchand de contre-marque, et lui caressait la barbe, en riant. Mais, elle avait beau faire, Monsieur, allez. Le rire sonnait faux et je sentais bien qu'elle avait plus envie de pleurer que de rire. Son amie a dû avoir la même impression que moi : car elle a tourné ses yeux avec inquiétude vers Madame Adèle et lui a fait un signe en me désignant.

Quand je remontai, on parlait haut et fort ; mais on se tut dès que j'apparus : j'enlevais la seconde malle quand tout à coup Mme Adèle qui avait encore rapproché sa chaise du bonhomme, lui mit familièrement la main dans le gousset, et en retira une demi-poignée de louis qu'elle étala, avec un grand geste presque fou, sur la table... L'autre, l'homme, souriait, béatement.

Et elle continuait à jouer avec les pièces : cependant que Mme Flora échangeait avec l'homme un regard de connivence qui semblait dire — pardon de vous le dire, comme je l'ai senti... — Ça y est, cette fois... Et de fait, la physionomie de Mme Adèle avait changé : elle ne riait plus : mais elle avait pris un air très sérieux — autant que je pouvais en juger, car elle avait la tête baissée...

J'avais chargé la seconde malle sur mon épaule : j'allais partir... j'avais déjà fait un pas vers la porte...

— Monsieur !...

C'était Mme Adèle qui m'appelait. Je me retournai... elle avait relevé

la tête : elle était toute rouge et les yeux gon-
flés comme quelqu'un qui se retient de pleurer, et elle poussa un louis sur la table vers
moi.

— « Pour votre peine, me fit-elle : mais si
bas qu'on eût dit qu'elle avait peur de parler ;
je crois bien, Monsieur, qu'il y avait un peu de sanglot, là dedans...

— « Merci, Madame, lui fis-je : — Monsieur m'a payé... »

Elle insista du geste, toujours sans parler : — je refusai encore et
partis. Mais je n'avais pas fait un pas de plus qu'elle me rappela. Elle
avait eu le temps sans doute de rattraper sa voix.

— « Et quand Monsieur part-il, me demanda-t-elle.

« Vous m'aviez ordonné, Monsieur, de ne rien dire, de ne pas répondre aux questions :

— « Ma foi, Madame, je ne pourrais vous dire, repliquai-je. Je ne
sais même pas si Monsieur doit partir...

Elle ne dit plus rien. Je continuai : mais je n'étais pas sur le palier
que je sentis quelqu'un qui courait derrière moi. Me retourner avec
mon fardeau, ce n'était pas facile. D'ailleurs, je n'avais pas besoin
de cela pour savoir qui c'était. — C'était Mme Adèle... Ah ! je vous
prie de croire qu'elle avait retrouvé sa voix : je ne dirai pas à Monsieur, quand même il me l'ordonnerait, tous les compliments qu'elle
m'a chargé, de lui répéter, et *j'en étais de là* ! je vous assure. Ne pouvant croire que c'était la même femme de tout à l'heure qui, maintenant, vous invectivait en un langage de dame ! passez-moi le mot...
de tenancière, même de quelque chose de pire... »

— « Je me contraignis à sourire, à cette réflexion de garçon :

— « Non, lui fis-je, vous n'avez pas besoin, en effet, de répéter ces
compliments ; d'ailleurs, je les connais... Au moins vous n'avez rien
répondu, vous !

— « Ah ! non ! par exemple, se récria-t-il... et je regrettais même
que la malle sur mon dos ne me permit pas de descendre plus vite.
Car elle a continué, Monsieur, jusqu'à ce que je fusse en bas de l'escalier. Et même encore dans la rue : oui, Monsieur, dans la rue.
Pendant que je chargeais la petite voiture à bras que j'avais amenée,
elle s'est jetée du balcon, et, de là, a recommencé, pendant que
Mme Flora, par derrière, riait comme une folle, tout en faisant semblant de vouloir la faire rentrer.

« Et enfin, me voici, Monsieur, avec vos malles. »

Je remerciai le garçon : lui donnai un pourboire, et contreman-
dai mon départ, sans dire encore jusqu'à quel jour ni à quelle heure
je l'avais retardé. Qui sait si je ne pourrais obtenir une nouvelle prolongation de Germaine.

Et, rentré chez moi, je songeai à ce que venait de me raconter le
garçon. Ainsi, plus d'espoir : Mme Flora avait bien employé le temps...
Adèle était décidément perdue. Je n'y pouvais plus rien.

Je tâchai de ne plus penser qu'à Germaine, et j'allai dîner, à table
d'hôte, cette fois, pour me distraire et pouvoir prolonger mon repas
au milieu des conversations et de l'aller et venue des gens, en atten-
dant l'heure à laquelle devait venir Germaine.

La salle de la table d'hôte était à l'entresol et donnait sur la rue.
Après mon dessert, je me levai et eus l'idée de regarder à travers les
carreaux : il faisait demi-nuit, et on allu-
mait les becs de gaz.

Devant l'hôtel on chargeait l'omnibus
qui devait mener les partants et leurs bagages au chemin de fer. C'était cette voiture que j'avais dû prendre.

Je regardais machinalement, plus occupé à deviner si dans les femmes qui

passaient, je ne découvrais pas Germaine. Il y avait quelques personnes autour de l'omnibus : tout à coup, j'eus comme un secret avertissement, tel que j'en ai souvent éprouvé dans ma vie, n'en déplaise aux incrédules, et je portai rapidement mes regards sur ce petit groupe. J'eus beau aiguiser mes regards le mieux que je pouvais, forcer l'attention à ma volonté, je ne découvris rien...

Et, de guerre lasse, je remontai dans ma chambre. Le garçon était prévenu de la visite que j'attendais.

Bientôt, j'entendis son pas dans le corridor et sa voix qui disait à quelqu'un qui le suivait :

— « Par ici, Madame... »

Je me précipitai à ma porte : j'ouvris.

Germaine entra.

Très gentiment habillée, et aussi très simplement, avec un joli goût, cette discrétion qui était autrefois un des charmes de l'ouvrière parisienne. Ainsi, elle semblait une modiste de bonne maison.

— Enfin, tu as pu venir, lui dis-je.

— Oui, j'ai pu, me répondit-elle encore un peu haletante de la course en défaisant son chapeau et son collet, mais... cela m'a coûté un mensonge... car, ça va peut-être vous ennuyer, je viens vous tenir plus que ma promesse...

— Plus que ta promesse ?... m'écriai-je en commençant un enlacement dont elle se dégagea en souriant.

— Avant de me remercier, dit-elle espièglement, attendez — pour savoir si vous serez content. — J'ai une cousine à Saint-Germain qui vient me voir deux fois l'an, et où je vais bien, moi, une fois tous les deux ans. Je me suis, à propos, rappelé qu'elle existait : et j'ai dit à Madame que, me sentant un peu en humeur noire, ça me distrairait d'aller chez ma cousine. Madame me regarda longuement ; et, bonne comme elle l'est toujours : « allez, Germaine, me dit-elle,

mais rentrez demain matin de bonne heure pour faire le déjeuner!...
Je promis : et, sitôt le dîner de Madame servi, la table enlevée je
partis, et me voici... »

C'était une joie inespérée que Germaine m'annonçait. Non seulement, j'aurais le bonheur de la posséder toute une nuit à mon gré, mais,
aussi, elle me sauvait des angoisses, des pensées, des assauts d'émo-
tions de toutes sortes, dont j'aurais été peut-être, tourmenté toute
cette nuit. Car la nuit est perfide et mauvaise aux incertains et à ceux
qui souffrent ou qui s'inquiètent. Elle empire tout et suggère les
mauvais conseils. Avec Germaine j'évitais tous les troubles, et le lendemain je ne craignais rien du jour : d'autant que je partais dans la
matinée.

Cependant j'avais une curiosité : Germaine avait-elle dit à sa maîtresse que j'étais venu.

— « Certes, je lui ai dit — me répondit-elle : — elle en sembla à
la fois attristée et soulagée — surtout quand je lui ai affirmé que
vous partiez seul. Elle me le fit redire plusieurs fois, et si j'étais bien
sûre qu'Adèle n'irait pas vous retrouver. Quand je lui eus raconté
la scène que vous aviez eue à propos de Mme Volland ; Madame poussa
un soupir.

— Germaine ! Germaine !... me fit-elle — il y a de notre faute dans
tout cela.

Je feignis de prendre la chose en riant : — « il y a surtout de la
faute de Madame, répliquai-je... — Si Madame avait voulu ?...

— Voyons, Germaine, me fit-elle très raisonnablement, où cela
nous aurait-il conduits, lui et moi... Je ne puis jurer que je ne fail-
lirai pas un jour. Mais ce ne sera pas furtivement, à la hâte... et en
mentant !... Cela non... et pourtant — ajouta-t-elle en rêvant et en
me rendant mon sourire, tu as bien deviné un jour... C'était bien
près ! Ce n'est pas ma vertu ni la raison qui m'ont sauvée, — c'est le
hasard ! »

Je répétai, à mon tour, à Germaine, ce que m'avait raconté le garçon ; — elle m'écouta toute émue.

— Pauvre Adèle, murmura-t-elle encore : elle est perdue !

 . . . .

Je n'ai pas à raconter cette nuit passée avec Germaine. J'ai eu, comme tout le monde, plusieurs maîtresses dans ma vie, desquelles j'ai conservé des souvenirs plus ou moins agréables. Il n'en est aucune que je me rappelle avec un sentiment plus vif encore de gratitude, et cette mélancolie de joie et de regrets mêlés, qui est bien le meilleur qui nous reste de la vie du passé.

Pourtant, j'avais essayé d'obtenir de Germaine de rester deux ou trois jours de plus, tout en sentant bien que ce désir n'était pas prudent. J'alléguais que, maintenant qu'Adèle avait cédé, selon toute probabilité, aux conseils de Mme Flora, il n'y avait plus à craindre qu'elle vint me relancer, car, de mon côté, je ne pouvais plus penser à elle. Germaine, par un geste habituel, avait hoché la tête.

« Non ! non, pars ! — m'avait-elle dit, car elle s'était enfin résolue à me tutoyer — seulement, avait-elle ajouté, reviens plus vite...

En ce moment, elle s'était interrompue ; et nous nous étions regardés, faisant silence tous les deux. Il nous semblait entendre quelque chose à la porte, comme le pas et le frôlement furtifs de quel-

qu'un qui écoutait. — J'avais fait un mouvement pour aller ouvrir . Germaine m'avait retenu.

Et voilà que, sous la porte, nous entendions comme un bruit de papier froissé, et, aussitôt,un pas précipité s'éloignait, dans un frou frou de robe, et glissait le long de l'escalier, plutôt qu'il ne le descendait.

Cette fois j'allais ouvrir : mais en soulevant la tenture de la porte, Germaine et moi apercevions en même temps un papier qu'on avait glissé dessous.

— « N'ouvrez pas, fit Germaine : voyez d'abord ce que c'est que ce papier. . il est d'elle.

— D'Adèle ?... questionnai-je en ramassant le papier qui était en effet une lettre.

— Oui : continua Germaine, et c'est elle qui est venue l'apporter... Écoutez... me fit-elle en me prenant la main.

Nous entendîmes le bruit d'une voiture qui repartait à toute bride de devant l'hôtel.

— Et c'est elle qui repart ! ajouta Germaine.

J'étais muet, à la regarder, la lettre en main, n'osant la décacheter.

— Lisez, fit-elle. Ne perdez pas de temps, qui sait ?

— Lisons ensemble, lui répondis-je.

— Vous le voulez ? soit : et elle s'approcha.

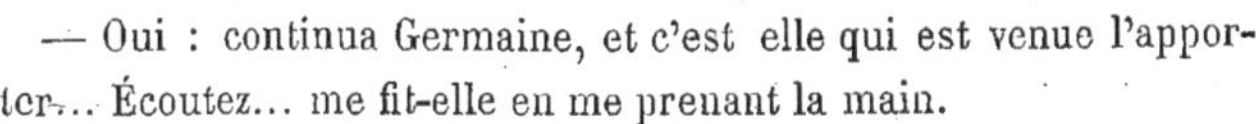

Dès que je vis mon nom sur la suscription, il n'y avait plus de doute : c'était bien l'écriture d'Adèle. Je déchirai l'enveloppe avec un tremblement, je l'ouvris et je lus, tandis que Germaine suivait des yeux ma lecture :

« Monsieur,

Le garçon que vous avez envoyé a déjà dû vous renseigner. Pourtant, je vous jure, qu'à ce moment rien n'était fait encore. Je croyais toujours que vous reviendriez vous-même chercher vos malles... Je jugeai donc dès lors que c'était bien fini. . Pourtant, je voulais savoir si vraiment vous partiez ce soir... Je suis allée à votre hôtel, au moment où on chargeait l'omnibus pour le chemin de fer... J'ai vu votre ombre à une fenêtre de l'entresol : j'avais d'ailleurs mis un manteau de Flora sous lequel vous ne pouviez me reconnaître, et aussi un chapeau d'elle, avec un voile très épais... Je suis donc sûre que vous ne m'avez pas vue. Je n'ai pas reconnu vos malles dans celles qu'on chargeait. J'ai interrogé : j'ai su, mais n'accusez pas le garçon que vous avez envoyé, ce n'est pas lui, que vous ne partiez pas ce soir — je m'imaginai qu'il y avait quelque chose là-dessous.. Je résolus d'aller interroger Germaine : juste comme j'arrivais dans sa rue, je la vis sortir : elle ne me vit pas : je la suivis : je la vis entrer en votre hôtel. Dès lors je compris... J'eus d'abord l'idée de frapper à votre porte, de faire du scandale... J'ai mieux aimé me perdre, Monsieur.

Oui, Monsieur, me perdre !

Je suis rentrée comme une folle chez Flora : un homme m'y attendait... celui avec lequel m'avait trouvé votre garçon : — « Je suis à vous, Monsieur, lui dis-je ! Et, pendant que vous m'oubliiez avec Germaine, moi, je tâchai de vous oublier avec lui : car je suis à lui, bien à lui : il m'a payée... »

Il n'y a que le premier pas qui coûte, dit-on. Le premier pas est fait. Quelque mauvais souvenir que vous ayez conservé de moi, vous savez que je ne mens pas lorsque je vous dis : C'est la première fois que je me vends.

Je suis perdue !

Tant pis ! c'était mon destin.

Ce n'est point pour vous faire des reproches ou de la peine que je vous écris. Vous ne me devez rien et vous avez toujours agi avec moi en honnête homme : Je n'oublierai pas que vous avez été bon. Je n'en veux pas, non plus, à Germaine : pourquoi ne vous a-t-elle pas aimé plus tôt ? Elle vous aurait épargné bien des ennuis et à moi bien des chagrins. Soyez heureux avec elle ; elle vaut mieux que moi.

Mais soyez bon dans la séparation, comme vous l'avez été dans notre vie commune qui a été si courte—par ma faute, je le reconnais. Pardonnez-moi ce que je vous ai fait souffrir... Je suis une malheureuse... J'ai un sale caractère : mais que voulez-vous? c'est plus fort que moi ces colères de brute qui m'emportent... Elles me coûtent assez cher pour que vous ne m'en gardiez pas de ressentiment...

Car, je le sens bien, le bonheur était auprès de vous, avec vous...

C'est moi qui n'en ai pas voulu.. Adieu, Monsieur et croyez bien que quoiqu'il arrive, si bas que je descende le long de cette pente où me voici, je me souviendrai toujours de vous avec amitié et reconnaissance.

Perdue ! perdue !.. je suis perdue, adieu !

Celle qui ne vous oubliera pas.

Adèle. »

Il y avait à la lettre un post-scriptum de quelques lignes, adressées à Germaine.

« Adieu, Germaine : je te le répète bien sincèrement. Je ne t'en veux pas... Donne-lui le bonheur que je n'ai pas su lui donner. Tu es douce et bonne, toi ; que je t'envie... Moi, j'ai une force furieuse qui me pousse... jusqu'où me poussera-t-elle?... Ah ! ma pauvre Germaine ! nous ne nous reverrons probablement plus...

« Je ne suis pas à regretter... pourtant, si parfois monsieur pensait encore à moi... Dis-lui bien que je n'en vaux pas la peine : — qu'il ne se fasse pas de regret ni de chagrin à cause de moi... Et n'aie

pas peur que je le recherche. Le *type* auquel Flora m'a vendue,
m'emmène ce soir… très loin, très loin ! Je t'écrirai peut-être plus
tard, quand nous pourrons, les uns et les autres, penser à tout
cela sans en trop souffrir !

Adieu ! Adieu ! Adieu ! Soyez heureux. »

En achevant cette lettre, nous étions trop émus, Germaine et moi,
pour échanger une parole : nous n'eûmes que la force de tomber
dans les bras l'un de l'autre, en murmurant ensemble :

— « Pauvre Adèle ! ».

COURBEVOIE — IMPRIMERIE E. BERNARD ET Cⁱᵉ.